魅力 德語入門

Einführu... ...che

U0082574

第二版

最適合初學者的德語教材

- 由專業德籍名師團隊錄製MP3
- 一本現學現賣、德語速成的工具書
- 基礎發音打好底
- 情境短句好實用
- 文法解析最易懂
- 課後練習更熟悉

總策劃 許小明
主　編 潘碧蕾
校　訂 楊文敏
錄　音 Klaus Bardenhagen
錄　音 Rebekka Hadeler

商務、求學、旅行初學者的速成寶典
結合生活、購物、用餐等實用會話
讓你短時間朗朗上口、溝通無礙

智寬文化事業有限公司

前言
Vorwort

本書主要是為前往德國的商務人士、旅遊者和學生等初學者準備的一本以口語為重點、語法為基礎的學習德語書。

全書由發音部分和基礎課文組成。發音部分共有 4 課，詳細介紹了德語的母音和子音，還有相應的語音練習，每課還有一些日常用語和單字，幫助學生熟悉並掌握德語的發音和基本語調，了解德語的讀音規則。如果學生能跟著 MP3 多讀多練，便能自己學會德語發音，因為它和我們的注音有異曲同工之處。

基礎部分共有 12 課，每課的課文都是為前往德國的初學者而編寫最基本的德語對話。每課由重要句子（Wichtige Sätze）、課文（Text）、詞彙（Wortschatz）、語法（Grammatik）、練習（Übungen）和知識與文化（Wissenschaft und Kultur）六部分組成。

重要句子（Wichtige Sätze）是為了提醒學生此句的重要性並給予翻譯。

課文（Text）部分是全課的核心。課文題材都是以日常生活為主，並且採用對話形式，力求內容生動、語言簡單且自然。每課有一至兩篇短文，可以幫助初學者在不同的日常生活場景下使用不同的日常用語。如學

生能把課文中的句子全部學會，那就可以在德國生活了。

詞彙（Wortschatz）部分是學習德語最基本的元素，沒有詞彙就沒有句子，所以詞彙是非常重要的。而此書是一本注重口語的書，其中的單字是生活中最常用的，希望大家能把它背出來。

語法（Grammatik）部分在每課中也佔有重要地位。語法的選擇和排列既按照語言本身的規律，又考慮到課文中交際場合的需要，由淺入深地陳述。在每個語法點後都有相應的例句，使初學者更容易理解和掌握。

練習（Übungen）部分是為了讓初學者鞏固所學的語法，並且更熟練地運用每課的語法。例如每課的中譯德練習，這個練習是一個綜合性的練習，能讓初學者運用此課的詞彙和語法。

知識與文化（Wissenschaft und Kultur）部分是此書的特色，希望透過這個部分，能讓初學者更了解德國，更喜歡德國，更喜歡學習德語。

希望此書能為初學者帶來些許幫助，書中如有疏漏之處在所難免，希望大家多提寶貴意見。

編者

德國和德語的介紹

Einführung in die deutsche Sprache und Repräsentation von Deutschland

一 德國國家概況

德意志聯邦共和國（西德）和德意志民主共和國（東德）於 1990 年合併，兩德統一。統一後的德國面積 35 萬平方公里左右，人口 8180 萬，民族以德意志為主，官方語言為德語，居民多信奉基督教和天主教，新首都為柏林。大城市有柏林、漢堡、慕尼黑、科隆、法蘭克福、埃森、多特蒙德、斯圖加特、杜塞爾多夫、不萊梅等。

二 德國地理位置

德國位於歐洲中部，南北直線距離 876 公里，東西之間相距 640 公里，邊境線全長為 3758 公里。整個德國的地形可以分為五個具有不同特徵的區域：北德低地，中等山脈隆起地帶，西南部中等山脈梯形地帶，南部阿爾卑斯山前沿地帶和巴伐利亞阿爾卑斯山區。

三 德國氣候

德國處於大西洋和東部大陸性氣候之間的涼爽的西風帶，溫度大起大落的情況很少見。降雨分佈在一年四季。夏季北德低地的平均溫度在 18 度左右，南部山地為 20 度左右；冬季北德低地的平均溫度在 1.5 度左右，南部山地則為－6 度左右。

四 教育制度

德國約有 300 多所高等學校（一般都接受外國學生），其中約有 90 所國立大學。整個高等學校的架構為：

1大學：大學不僅是教學中心，而且還是獨立的基礎理論研究和應用研究中心。大學通常有權授予文學士、理學士、碩士和博士學位。各大學開設的科系通常包括：醫學、自然科學、工程學 、人文學、法律、神學、經濟學、社會科學、農業和林業學。

2工業大學：教學和科研主要為工業方面。然而，多年來，工業大學也逐漸發展成具有綜合性傾向的大學。如在柏林工業大學，學生可以學習古典哲學、音樂、教育；在德累斯頓工業大學，學生可以學習哲學、心理學、經濟學。當然，工業大學的重點主要在於工程學和自然科學。

3教育學院：主要為小學和中學低年級培養師資，個別教育學院也培養中學高年級師資。目前，只有少數幾個州還獨立設有教育學院，大部分州的教育學院於 20 世紀 70 年代併入了大學。

4綜合性大學：綜合性大學是在綜合大學、教育學院、高等專科學校（有時還包括藝術院校）的基礎上發展起來的。因此，綜合性大學為學生提供了更廣泛的學習機會。

五 德語介紹

德語是屬於印歐語系日耳曼語系的西日耳曼語。德語共同標準語的形成可以追溯到馬丁路德的聖經翻譯。德語是1億多人使用的語言。它最初在德國、奧地利、瑞士北部、列支敦斯登、盧森堡、義大利、比利時的一小部分地區，部分波蘭地區和部分法國阿爾薩斯地區內使用。另外，在一些原殖民地，例如：納米比亞，有大量說德語的人口，在東歐的一些國家中，仍有少量說德語的少數民族。

德國、奧地利、列支敦斯登把德語作為唯一的官方語言。

盧森堡、義大利、比利時、瑞士把德語作為官方語言之一。

在丹麥、法國、俄羅斯、哈薩克斯坦、波蘭、羅馬尼亞、多哥、納米比亞、巴拉圭、匈牙利、捷克、斯洛伐克、荷蘭、烏克蘭、克羅

尼亞、摩爾多瓦、拉脫維亞、愛沙尼亞、立陶宛的少數民族使用德語。

德語分為高地德語（Hochdeutsh）和低地德語（Plattdeutsch）。高地德語是共同語，它採用了低地德語的某些發音規則，低地德語聽上去更像英語和荷蘭語。通用的書面語以高地德語為準。各方言之間的差異很大。高地德語和低地德語的語言分界線大致從德國西北部的亞琛起，向東經過萊茵河畔的本拉特、卡塞爾、馬格德堡直到奧得河畔的浮斯騰堡，這條線以南是高地德語，以北是低地德語。

六 德語考試

Test Deutsch als Fremdsprache（TestDaF）考試

TestDaF 考試也被稱作“德福”考試，是一項權威性的德語語言考試，對象是以赴德遊學為目的的外國學習德語者或一般只想證明自己德語語言水準的人。TestDaF 考試分為四部分：閱讀測驗、聽力測驗、寫作測驗和口語表達，考試共需3.5小時。TestDaF 考試成績可分為三個等級：第三級（TDN 3），第四級（TDN 4），第五級（TDN 5）。成績證明上會分別註明四科成績。讓您了解自己在這四部份的語言能力。如你的德語水準達到

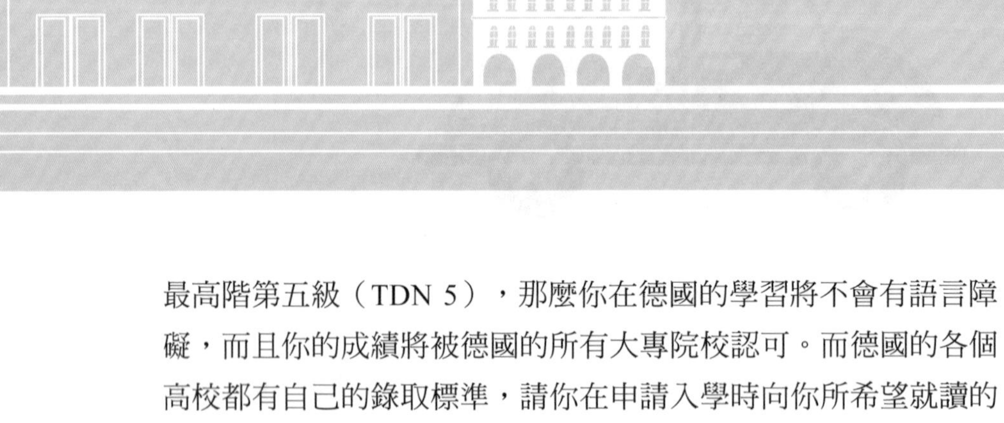

最高階第五級（TDN 5），那麼你在德國的學習將不會有語言障礙，而且你的成績將被德國的所有大專院校認可。而德國的各個高校都有自己的錄取標準，請你在申請入學時向你所希望就讀的大學了解對德福考試成績的要求，有些大學在其網頁上已公佈了對德福成績的要求。TestDaF 考試（“德福”考試）的成績可以用來申請遊學簽證。

TestDaF 在台灣的測驗中心為 LTTC 財團法人語言訓練測驗中心和台北德國文化中心以及國立高雄第一科技大學。

考試時間：每年在台灣舉辦四次 TestDaF 考試，每年四月與十一月在台北舉行，二月與六月在高雄舉行。

報名方式：採網路報名，計畫參加 TestDaF 考試的考生，於報名期間，至德國 TestDaF 測驗中心的報名網站（http://www.testdaf.de）登入報名，若想了解 TestDaF 考試的具體情況，可登錄 http://www.testdaf.de 網站，在此網站上你可獲得最新最權威的 TestDaF 考試相關信息。

目錄
Inhaltsverzeichnis

PHONETIK 發音

TEXT 課文

RIEN-APOTHEKE

發音
PHONETIK

Lektion 1 第一課

語音說明：

德語是由 26 個字母、三個變母音字母 ä，ö，ü 和子音字母 β 組合的拼音文字。

語音的最基本單位是音素。音素又分為母音音素和子音音素。德語詞由一個或若干個音節組成。一個母音可單獨或與幾個子音構成音節。

母音：

德語的母音分為五個單母音（a，e，i，o，u），三個雙母音（aa，ee，oo），三個變母音（ä，ö，ü），五個複合母音（au，ei，ai，äu，eu）。

子音：

分為清子音和濁子音，發音時聲帶不振動的為清子音，聲帶振動的為濁子音。

德語字母表

01-01

大寫	小寫	音名	注音符號
A	a	/a:/	ㄚ
B	b	/be:/	ㄅせ
C	c	/tse:/	ㄘせ
D	d	/de:/	ㄉせ

大寫	小寫	音名	注音符號
E	e	/e:/	ㄝ
F	f	/ɛf/	ㄟㄈ
G	g	/ge:/	ㄍㄝ
H	h	/ha:/	ㄏㄚ
I	i	/i:/	ㄧ
J	j	/jɔt/	ㄧㄛㄊ
K	k	/ka:/	ㄎㄚ
L	l	/ɛl/	ㄝㄌ
M	m	/ɛm/	ㄝㄇ
N	n	/ɛn/	ㄝㄣ
O	o	/o:/	ㄡ
P	p	/pe:/	ㄆㄝ
Q	q	/ku:/	ㄎㄨ
R	r	/ɛr/	ㄝㄦ
S	s	/ɛs/	ㄝㄙ
T	t	/te:/	ㄊㄝ
U	u	/u:/	ㄨ
V	v	/fau/	ㄈㄚㄨ
W	w	/ve:/	無適當的發音
X	x	/iks/	ㄧㄎㄙ
Y	y	/'ypsilɔn/	ㄩㄆㄙㄧㄌㄡㄥ
Z	z	/tsɛt/	ㄘㄟㄊ

＊注音符號僅供參考，W字母注音無適當的發音。

一 母音字母 a，e，i，o，u 的長音讀法

大寫	小寫	國際音標	名稱	發音方式
A (aa,ah)	a (aa,ah)	國際音標[a:]	a	嘴張大，舌放平，舌尖放在下齒上，與注音符號的ㄚ發音相似。
E (ee,eh)	e (ee,eh)	國際音標[e:]	e	雙唇扁平，嘴角稍向後，上下齒分開，舌尖放在下齒上，舌前部向上顎抬起。與注音符號的ㄝ發音相似。
I (ie,ih,ieh)	i (ie,ih,ieh)	國際音標[i:]	i	嘴角盡量向後咧，舌尖緊緊放在下齒上。與注音符號的一發音相似。
O (oo,oh)	o (oo,oh)	國際音標[o:]	o	雙唇往前伸呈圓形，與注音符號的ㄡ發音相似。
U (uh)	u (uh)	國際音標[u:]	u	雙唇往前伸呈扁圓形，與注音符號的ㄨ發音相似。

母音在什麼時候讀長音：

- 單音節詞以母音字母結尾的時候。如：du，da，so。
- 母音後只有一個子音。如：Tag，gut。
- 在母音字母之後有不發音的“h”。如：Kuh，ihr，Bahn。
- 雙母音，如：aa，ee，oo 以及 ie。如：sie，See，Boot，Maat。（單字中幾乎不出現 ii，它們通常以 ie 的形式出現。）
- 在開音節中，母音字母讀長音。如：Name，Kino，Oma，Opa。雙音節的詞，兩個母音中間只有一個子音時，母音為長音。如：Gotik，Kuba，Name。

母音字母 a，e，i，o，u 的短音讀法

a	國際音標 [a] (a)	短音與長音的發音方式基本相同，但嘴巴張得稍大一些，並且要短促有力。
e	國際音標 [ɛ] (e)	與長音的舌位相同，下顎略微下垂，雙唇開度相比之下略大一些。
i	國際音標 [i] (i)	短音與長音的區別是嘴張得稍大一點，下顎略下垂，舌面抬得較低。
o	國際音標 [ɔ] (o)	與長音相比，嘴張得稍大一點，雙唇撮得不如發長音時圓，發音短促有力。
u	國際音標 [u] (u)	與長音的舌位相同，但嘴張得稍大一點。雙唇略輕鬆。

母音在什麼時候讀短音：

- 在雙寫子音前發短音，在兩個或兩個以上子音前大多發短音。如：Ball，gelb，Mann。
- 某些單音節詞的冠詞、代詞、介詞等。如：das，es，an。
- 在一些外來語中。如：Hotel。

註解

按照母音讀音規則應該發長音。然而非重讀時母音音節發“半長音”(長音短讀) 如：Kubik，kuba，Abgabe，Kapptt，Sofa，Tabak

(1) 在德語中重音一般在第一個母音上，而其後的非重讀母音是長音短讀。如：guten，Name，Klasse。

(2) 短音千萬不能長讀，否則詞義會不明。如：der Weg 道路(長音)，weg 走開(短音)。

 子音字母 b，p 的發音

大寫	小寫	國際音標	名稱	發音方式
B	b	國際音標[b]	be	發音時，先雙唇緊閉，然後送氣衝破雙唇。因振動聲帶，所以是濁子音，也是 p 的相對濁化音。相當於注音符號ㄅ音。
P	p	國際音標[p]	pe	發音時，先雙唇緊閉，然後送氣急迫而有力地衝破雙唇，發出爆破音。因不振動聲帶，所以是清子音，也是 b 的相對清化音。相當於注音符號ㄆ音。

b 在詞尾讀其相對的清子音 b → p。

01-02

拼讀練習				
a	e	i	o	u
ba	be	bi	bo	bu
pa	pe	pi	po	pu
ab	eb	ib	ob	ub
ap	ep	ip	op	up

子音字母 d，t 的發音

大寫	小寫	國際音標	名稱	發音方式
D	d	國際音標[d]	de	發音時，雙唇微開，舌尖先緊貼上齒，然後送氣衝開舌尖和齒齦，發出爆破音。因振動聲帶，所以是濁子音，也是 t 的相對濁化音。類似注音符號ㄉ音。
T	t	國際音標[t]	te	發音時，雙唇微開，舌尖先緊貼上齒，然後強烈送氣流，要強烈地驟然爆破舌尖構成的阻塞。因不振動聲帶，所以是清子音，也是 d 的相對清化音。類似注音符號ㄊ音。
	th			發音與 t 一樣，如：Theater，Thema。
	dt			發音與 t 一樣，如：Stadt，Verwandte。

d 在詞尾讀其相對的清子音 d → t。

01-03

拼讀練習				
a	e	i	o	u
da	de	di	do	du

ta	te	ti	to	tu
ad	ed	id	od	ud
at	et	it	ot	ut

01-04

區分長短音					
b	ab	ob	Boot	Beet	Bad
p	Opa	Opi	Papa	Pop	Popo
d	da	du	die	das	der
t	tot	tut	Tee	Tat	Tod

五 子音字母 g，k 的發音

大寫	小寫	國際音標	名稱	發音方式
G	g	國際音標[g]	ge	發音時，舌頭後半部貼著硬顎，然後送氣，發出爆破音。因振動聲帶，所以是濁子音，也是 k 的相對濁化音。與注音符號的ㄍ發音相似。
K	k	國際音標[k]	ka	發音時，舌頭後半部貼硬顎，然後要強烈送氣，發出爆破音。因不振動聲帶，所以是清子音，也是 g 的相對清化音。與注音符號的ㄎ發音相似。
	ck			發音與 k 一樣，但它前面的母音還是短音。如：dick，Jacke，Ecke。

註解

g 在詞尾讀其相對的清子音 g → k。

拼讀練習				
a	e	i	o	u
ga	ge	gi	go	gu
ka	ke	ki	ko	ku
ag	eg	ig	og	ug
ak	ek	ik	ok	uk

註解

ig 位於詞尾時，如後面沒有母音讀 ich ，如後面有非重讀母音 e 時，仍發 ik。

區分長短音					
g	gut	Gabe	gab	Gott	guck
	gibt	Abgabe	Gotik	Tag	Tage
k	Tabak	Bug	Unfug	Kuba	Kubik
	Kamin	Kuh	Kopie	kaputt	Kasse

 子音字母 m，n 的發音

大寫	小寫	國際音標	名稱	發音方式
M	m	國際音標[m]	emm	發音時，先雙唇閉攏，然後送氣通過鼻腔。因振動聲帶，所以是濁子音。類似漢語ㄇㄚ(馬)中的聲母ㄇ。
N	n	國際音標[n]	enn	發音時，雙唇微開，舌前端抵上門齒及齒齦，軟顎下垂，然後送氣至鼻腔，舌前端不脫離上齒齦。因振動聲帶，所以是濁子音。類似漢語ㄋㄚ(拿)中的聲母ㄋ。

01-07

拼讀練習				
a	e	i	o	u
ma	me	mi	mo	mu
na	ne	ni	no	nu
am	em	im	om	um
an	en	in	on	un

區分長短音

m	Mut	Maat	Meer	Miete	mied
	mag	Mama	Montag	Mitte	Mann
	Kamin	Kamm	kommen	Thema	Magen
n	Note	Nase	null	neben	Nadel
	Name	Tonne	Uni	Ende	ihn

子音字母 l，r 的發音

大寫	小寫	國際音標	名稱	發音方式
L	l	國際音標[l]	ell	發音時，雙唇微開，舌尖抵住上齒氣流從舌頭兩邊呼出，振動聲帶。
R	r	國際音標[r]	err	小舌音：口自然地張開，舌根上抬，小舌自然下垂，用力送氣，使小舌顫動發音，振動聲帶。

註解

r 只有與母音拼讀時發顫音。如：Rat，rot，rufen。在其他情況下可輕微地帶動一下。

01-09

拼讀練習				
a	e	i	o	u
la	le	li	lo	lu
ra	re	ri	ro	ru
al	el	il	ol	ul
ar	er	ir	or	ur

01-10

區分長短音					
l	Lob	Aal	lila	alt	Plan
	klug	klar	Tal	alle	Ball
r	Radio	Rad	regen	rot	April
	Brot	leer	Tier	Tor	Vater
	er	mir	dir	dort	trinken

語音總練習

1.試讀以下單字

01-11

a	das	da	Aal	Bar	Papa	Montag
e	Bett	Tee	Meer	See	Mehl	Maat
i	die	dir	ihr	Idee	Tier	Papier

o	Boot	so	Opa	Brot	Foto	Lohn
u	du	Uhr	Blut	Mut	Uni	Kuli
b	bald	bis	bunt	Lob	Klub	gab
p	Papa	Park	Partei	packen	Pein	per
g	gegen	gehen	ganz	Gast	Geduld	Gebiet
k	Kabel	Kamm	Karte	Kino	Kasino	Kind
l	Lohn	laden	Land	Lamm	Lampe	leben
r	rot	rufen	Radio	Rand	Rad	Rat

01-12

kam-Kamm	Name-Mann
da-dann	Tag-Tante
Maat-Mappe	Beet-Bett
beten-Betten	den-denn
Tee-Teller	Kehle-Keller
nie-Kind	Miete-Mitte
bieten-bitten	Dieb-dick
Kiepe-Kippe	so-soll
Boot-Bonn	Ofen-offen
Motor-Mond	rot-oft
du-dumm	gut-guck
Mut-Mutter	Bude-Butter

01-13

p-b	Puppe-Bube	packen-backen
	Pute-Butter	Puder-Bude
P→b	ab-aber	gab-Gabe
	Dieb-Diebe	geb-geben
t-d	tun-dumm	Tanne-dann
	Tick-dick	Taten-Daten
t → d	Kind-Kinder	Bad-baden
	Tod-Tode	Band-Bande
k-g	Kalt-galt	Kuh-gut
	Makel-Magen	Kino-Gift
k → g	Tag-Tage	geb-geben
	mag-Magen	Bug-Unfug
l-r	Leser	Liter
	Laster	locker
r-l	Rebell	real
	Regal	Rudel

2.試讀以下常用句型

01-14

Guten Tag.	您好。
Guten Morgen.	早安。
Guten Abend.	晚安。（晚上見面時到睡覺前用語）
Gute Nacht.	晚安。（晚上告別或就寢時用語）

Tschüs!	再見!
Auf Wiedersehen!	再見！
Ciao!	再見!

3. 背出以下單詞

01-15

der Tag -e	天	der Vater Väter	父親
der Morgen -	早上	die Mutter Mütter	母親
der Abend -e	晚上	der Name -n	名字
die Nacht Nächte	夜	der Mann Männer	男人
gut	好	das Kind -er	孩子

基礎語法

1. 德語字母的大寫

(1) 德語名詞，第一個字母都必須大寫

如：der Arbeiter - 工人，die Frau -en 女士，das Kind -er 孩子

(2) 句首的第一個字母要大寫

如：Ich bin hier. 我在這兒。

注意： β 沒有大小寫。

2. 德語名詞的性和數

名詞有語法性，即陽性、中性和陰性，其對應的定冠詞為 der、das 和 die。大部分對於人稱謂的自然性和語法性一致，其他名詞的語法性一般沒有規則。名詞除了有語法性，還有單數和複數。複數形式一般也沒有固定規則。當名詞是複數時，那麼定冠詞一定是 die。

Lektion 2 第二課

變母音字母 ä，ö，ü 的長音讀法

小寫	國際音標	發音方式
ä (äh,ä)	國際音標 [ɛ:]	發音時，舌尖抵下齒，舌位如發 e 的長音，但下顎更下垂，嘴形介於 a 和 e 之間。
ö (öh,ö)	國際音標 [ø:]	長音 ö 是 e 長音的唇化音，發音時舌位與 e 的長音相似，但雙唇前伸形成圓形，唇形如發 o [o:] 的長音。
ü (üh,ü)	國際音標 [y:]	長音 ü 是 i 長音的唇化音，發音時舌位與 i 的長音相似，雙唇前伸，唇形與 u 長音一樣。

變母音字母 ä，ö，ü 的短音讀法

小寫	國際音標	發音方式
ä (ä)	國際音標 [ɛ]	發音時舌位與 e 的短音相似，但嘴形稍大。
ö (ö)	國際音標 [ø]	短音 ö 是 e 短音的唇化音，發音時舌位與 e 的短音相似，但雙唇前伸，形成圓形。
ü (ü)	國際音標[y]	短音 ü 是 i 短音的唇化音，發音時舌位與 i 的短音相似，雙唇前伸，唇形與 u 短音一樣。

註解

變母音字母沒有重疊現象，如後有延長音 h 時，仍發長音。如：Hähne，Söhne。

02-01

拼讀練習

	b	p	d	t	g	k	m	n	l	r
ä	bä	pä	dä	tä	gä	kä	mä	nä	lä	rä
ö	bö	pö	dö	tö	gö	kö	mö	nö	lö	rö
ü	bü	pü	dü	tü	gü	kü	mü	nü	lü	rü

02-02

試讀下列單詞

a-ä	Ball-Bälle	käme-kämmen
	Gepäck-Gebäck	mähen-nähen
o-ö	Sohn-Söhne	Hof-Höfe
	Wort-Wörter	hoch-Höhe
u-ü	muss-müssen	tut-Tüte
	Turm-Türme	Kuh-Kühe

02-03

區分長短音

Bär	Kälte	Wärme	älter	Gehälter
Öfen	Söhne	Wörter	können	eröffnen
über	müde	üben	lügen	fünf

子音字母 f，w，v 以及 ph 的發音

大寫	小寫	國際音標	名稱	發音方式
F	f	國際音標 [f]	eff	發音時，雙唇微開，上齒放在下唇上，氣流從狹縫中呼出，形成摩擦音，但發音時不振動聲帶。所以是清子音。與注音符號的ㄟㄈ發音相似。
Ph	ph			發音與 f 相同。如：Physiker，Phonetik。
W	w	國際音標 [v]	we	嘴型與發 f 時相同，但送氣較強，發音時振動聲帶，所以是濁子音。
V	v	國際音標 [f]	fau	在德語詞中發 / f /，而在外來詞中發 / v /。如：Vase，November，Visum，Klavier，Motive。

02-04

拼讀練習				
a	e	i	o	u
fa	fe	fi	fo	fu
pha	phe	phi	pho	phu
wa	we	wi	wo	wu
va	ve	vi	vo	vu
af	ef	if	of	uf

02-05

試讀下列單詞					
f	Fall	fragen	fort	Fieber	fertig
	fern	Flur	Flug	Fluss	Feder
	Gift	hilf	elf	Golf	Gott
ph	Phantast	Phase	Photo	Physik	Phrase
w	Wind	Wunsch	wir	weh	was
	Wand	warm	Wasser	wann	wie
	Weg	Welt	wenden	Werk	werfen
v	verbrechen	verstehen	voll	vor	Dativ
	Viertel	viel	vier	Volk	aktiv
	passiv	Vanille	Visum	Verb	Vase

四 子音字母 h，j，z 的發音

大寫	小寫	國際音標	名稱	發音方式
H	h	國際音標[h]	ha	嘴自然張開，送氣時不振動聲帶，只聽到呵氣聲，不要太用力。與注音符號的ㄏㄚ發音相似。
J	j	國際音標[j]	jott	發音時，嘴唇微開，舌尖抵下門齒，前舌面向硬顎前部抬起，氣流通過舌面與硬顎之間的縫隙產生摩擦音，並振動聲帶。所以是濁子音。與注音符號的一ㄛㄊ發音相似。

Z	z	國際音標[ts]	tsett	子音 z 是 t 與 s（清子音）的複合音，先發 t，送氣輕，緊接著發 s 的音，並且送氣強烈，兩音要緊緊相連，聽上去像一個音。與注音符號的ㄘㄟㄊ發音相似。
	tz			發音與 z 一樣。如：Platz。
	ts			發音與 z 一樣。如：Rätsel。
	ds			發音與 z 一樣。如：lädst。

h 在母音之後不發音，作為母音的延長音。如：nahme，ihm。

拼讀練習				
a	e	i	o	u
ha	he	hi	ho	hu
ja	je	ji	jo	ju
za	ze	zi	zo	zu

試讀以下單詞					
h	Hahn	Hafen	haben	husten	Hase
	Hand	hoffen	Heimat	Hunger	Hund
j	Jugend	Japan	Jahr	Juli	Jasmin
	Juni	Jude	jetzt	jagen	ja

z	Zahn	Ziel	Zelt	Zoll	Zug
	zehn	zahlen	Zins	Pilz	ganz

子音字母 s 的濁子音和清子音以及β和 ss 的發音

大寫	小寫	國際音標	名稱	發音方式
S	s	國際音標[s]	ess	清子音：雙唇微開，嘴角稍向後，上下齒留一小縫，舌尖抵下齒，輕輕呼出氣流，不振動聲帶，與注音符號聲母ㄙ發音相似，但吐氣更有力。
				濁子音：發音形式基本相同，但振動聲帶。
	ss			發音只與 s 的清子音一樣，但 ss 前的母音讀短音。
	β			發音只與 s 的清子音一樣，永遠在字中或字尾，所以沒有大寫。

註解

(1) 如何區分 s 的濁子音和清子音？

- 當 s 在母音前，並且形成一個音節，s 發濁子音。如：Sinn，Besen。
- 當 s 在字尾時，或後面沒有母音時，或 s 重複時，s 發清子音。如：Busse，Haus。

(2) 在德語的新正字法中 β 前的母音是長音或複合母音時，不用改動 β。如：Fuβ， heiβen。但在 β 前的母音是短音時，要把 β 改成 ss，ss 也永遠讀清子音。如：Fluβ-Fluss。

02-08

試讀以下單詞					
s（濁子音）	See	Soβe	sieben	Suppe	satt
	Sage	Salat	Sache	Silber	Sinn
s（清子音）	das	husten	Bus	Post	Hass
ss	Tasse	nass	muss	Busse	essen
β	Straβe	Fuβ	heiβen	schlieβen	weiβ

複合子音 sch，st，sp 的發音

小寫	國際音標	發音方式
sch	國際音標[ʃ]	雖然有 3 個字母，但是只發一個音，這個音與注音符號ㄕ相似。
st	國際音標[ʃt]	先發 sch ，再發 t。
sp	國際音標[ʃp]	先發 sch ，再發 p。

註解

(1) 在 sch 之前的母音都是短音。

(2) st、sp 在字首時讀 scht，schp。如：Stadt，Sport。

但是 st、sp 在字中或字尾時，仍讀 s (清子音)的音。如：Fenster，Transport。

02-09

拼讀練習

a	e	i	o	u
scha	sche	schi	scho	schu
sta	ste	sti	sto	stu
spa	spe	spi	spo	spu
stra	stre	stri	stro	stru
spra	spre	spri	spro	spru

02-10

試讀以下單詞

sch	Schule	Schüler	Schnee	schade	Schatten
	Tasche	Wunsch	vorschlagen	zwischen	Wäsche
st	Stein	Student	stellen	Stern	verstehen
	Stahl	Stuhl	Stock	Stimme	Start
sp	spielen	Spinat	Spanisch	spät	Spiegel
	sprechen	spitz	springen	spuken	Spinne

語音總練習

1.試讀以下單詞

02-11

See-Säle	Feder-Väter
Met-mäht	Rede-Räte
Flug-Flüge	Ofen-öffnen
Horn-Hörer	Lesen-lösen
Hefe-Höfe	Lüge-Lücke
Ton-Töne	rot-Röte
hohl-Höhle	schon-schön
fühlen-füllen	helle-Hölle
kennen-können	Lehne-Löhne
Meere-Möhre	Tür-Türme
gut-Güte	Hut-Hüte
Zug-Züge	Buch-Bücher

02-12

f-v	fort-vor	Film-viel
	Fall-voll	Form-Volk
f-w	Feder-weder	Fall-Wall
	vier-wie	fort-Wort
v-w	viel-will	Vetter-Wetter
	Villa-will	Vase-Wasser

02-13

S 的清子音和濁子音	besser-Besen	hassen-Hasen
	wissen-Wiesen	Risse-Riese
S 的清子音-z	essen-ätzen	Hals-Salz
	Pils-Pilz	Kurs-kurz
S 的濁子音-z	seit-Zeit	Sinn-Zinn
	Soll-Zoll	Sand-Zank
S 的清子音-sch	Wasser-waschen	wissen-wischen
	Tasse-Tasche	Bus-Busch
S 的濁子音-sch	Sohn-schon	sollen-Schollen
	sein-Schein	Söhne-schön
z-ds-ts	Zahn-Arzt	ganz-Platz
	Zoo-Gast	hältst-lädst

02-14

st	Stahl-Stall	Stil-still
	strafen-straffen	Stuhl-Stulle
	stehlen-stellen	stob-stopp
sp	Spuk-Spucke	Speer-Sperre
	sparen-Sparren	Spiel-Spinne
	Spore-Sporn	Sprudel-sprudeln

2.試讀以下常用句型

02-15

Mein Name ist Markus.	我的名字是 Markus。
Wie heiβen Sie?	您叫什麼名字？
Ich heiβe Lily.	我叫 Lily。
Was sind Sie?	您是做什麼的？
Ich bin Arbeiter.	我是工人。
Was ist das?	這是什麼？
Das ist eine Tafel.	這是一塊黑板。
Hallo!	你好！
Bis morgen!	明天見！
Bis dann!	到時見！
Bis bald!	不久見！
Alles Gute!	萬事如意！

3.背出以下單詞

02-16

rot	紅色的	gelb	黃色的
pink	粉紅色的	orange	橙色的
schwarz	黑色的	lila	紫色的
weiβ	白色的	grau	灰色的
grün	綠色的	golden	金色的
blau	藍色的	silbern	銀色的

基礎語法

德語名詞的格：

德語名詞除了陰、陽、中性之外，還分為四格。

第一格我們通常用 N (Nominativ)來表示，在句中作主語或與系動代詞連用時作表語。

第四格我們通常用 A (Akkusativ)來表示，在句中作賓語或在帶雙賓語的句中作直接賓語。

第三格我們通常用 D (Dativ)來表示，在句中作間接賓語，或某些動詞／介詞只支配第三格。

第二格我們通常用 G (Grenitiv)來表示，在句中作所有格，意思是……的。

Lektion 3 第三課

一 複合母音 au，eu（äu），ei（ai）的發音

複合母音是由兩個母音音素組合成的複合音，雖然有兩個字母組合在一起，但只發一個音，複合母音無論在什麼情況下，總是發長音。

小寫	國際音標	發音方式
au	國際音標 [ao]	先發 a 短音，然後再發 o 的長音，兩個音要緊緊連在一起，不要拖長。與漢語中的“凹”一樣。
eu（äu）	國際音標 [ɔø]	先發短音 o [ɔ]，然後發長音 ö [ø]音，第一個音讀重一些，第二個讀輕一些。
ei	國際音標[ai]	先發 a ，然後發長音短讀 i 的音。兩個音要緊連在一起，發 a 時響亮清晰，e 音弱化。但比 a 音長一些。
ai		也發 ei 的音，但是在德語中出現的較少。
ay		也發 ei 的音，但是在德語中出現的很少。
ey		也發 ei 的音，但是在德語中出現的很少。
ie	國際音標[i:]	複合母音 ie 發音同 i 的長音一樣，發音為 [i:]。

03-01

拼讀練習			
b	bau	beu	bei
p	pau	peu	pei
g	gau	geu	gei

k	kau	keu	kei
l	lau	leu	lei
r	rau	reu	rei
m	mau	meu	mei
n	nau	neu	nei
f	fau	feu	fei
w	wau	weu	wei
v	vau	veu	vei
h	hau	heu	hei
j	jau	jeu	jei
z	zau	zeu	zei
s	sau	seu	sei
sch	schau	scheu	schei

試讀下列單詞

au	Auto	Bauer	Haus	auf	Mauer
	Pause	Frau	Zaun	schauen	Baum
eu	Europa	euer	treu	Freund	Leute
	euren	Deutsch	heute	euch	Meute
äu	Bäume	Verkäufer	läuft	läuten	Säule
ei	Geige	Bein	dein	beeilen	Eier
	Heide	Teig	kein	meist	seit
ai	Mais	Mai	Main	Hain	Saiten
ay-ey	Bayer	Meyer			

二 子音字母 c，複合子音 ch、tsch 和 -ig 的發音

(1) c 只有在外來語中出現，比較常見的有兩種。

- 在母音 a，o，u，au，或子音 l，r 之間，發 k 的音。

  如：Cour，Café，Cousine，Clown。

- 在母音ä，e，i 前面發 z[ts]音。

  如：Cent，circa。

(2) ch 和 tsch 是由兩個或多個字母組合的單一音素。

ch 發音時不振動聲帶，所以是清子音。

ch 有以下幾種發音方式：

(a) 國際音標[x]ch 在母音字母 a，o，u，ao 後面的發音近似 h，發音時嘴角略向後咧，舌尖近下齒，舌根向後顎抬起，透過舌背和後顎之間的隙縫送氣，不振動聲帶。如：

a	Dach	Fach	Sache	nach
o	noch	doch	hoch	kochen
u	Buch	Tuch	suchen	Kuchen
au	Bauch	rauchen	auch	Raucher

(b) 國際音標[Ç]ch 在其他母音字母及子音字母 l，n，r 之後發音時嘴唇微開，舌尖近下齒，舌根向後顎抬起，通過舌背和後顎之間的隙縫送氣，不振動聲帶。如：

e	i	ä	ö	ü
echt	Licht	Nächte	möchten	Bücher
eu	ei	l	n	r
euch	leicht	Milch	manchmal	durchfallen

(c) ch 作為外來語的字首，主要來自希臘和義大利的外來語，後跟母音 a，o 和子音 l，r 時，發 k 的音。

如：Charakter，Chor，Chaos，Christ，Chlor。

(d) ch 後面跟的是 e，i 時，發音一般與(2)中 (b) ch 的發音一樣 [Ç]。

如：Chemie，China，chemisch，Chylus。

(e) ch 在來自法語的外來語中，讀成 sch [ʃ] 的音。

如：Chef，Charme，charmant。

(3) -ig 的國際音標[iÇ]發音同 ich。去過德國或接觸過德國的人應該會注意到 -ig 的發音一般會有兩種[iÇ]和[ig]，但[iÇ]是官方發音。

註解

-ig 在詞的後面作後綴時，讀[iÇ]，但當後面加上變位字尾的母音時，發[ig]。如：ruhig　ruhiger　richtig　richtige

(4) tsch 先發 t [tʃ]，然後發 sch [s]，強烈送氣發 sch [ʃ]，發成一個音素。

如：Deutsch, Rutsch, klatschen, Dolmetscher。

區分 ch 的各種發音

ch[x]	Tochter	Sache	Nacht	machen	auch
	Kuchen	Buch	Flucht	Woche	Bach
ch[Ç]	dich	durch	endlich	Pech	Teppich
	riechen	China	sicher	ich	nicht
其他發音	Chef	charmant	Chor	chemisch	

子音字母 q，複合子音字母 x，chs，gs，(c)ks 以及複合子音 pf，qu 的發音

大寫	小寫	國際音標	名稱	發音模式
X	x	國際音標[ks]	iks	是單個字母表達的複合子音，先發 k 的音，然後發 s 的清子音，發得長而清晰。
	-chs			先發 k 的音，然後發 s 的清子音，發音同 x。
	-gs			先發 k 的音，然後發 s 的清子音，發音同 x。
	-(c)ks			先發 k 的音，然後發 s 的清子音，發音同 x。
Q	q	國際音標[kv]	ku	q 只有與 u 在一起，才形成單詞。
Qu	qu	國際音標[kv]		發 kw 音。
Pf	pf	國際音標[pf]		先發 p 的音，送氣要輕，然後發 f 的音，送氣要重一點，長而清晰。

03-03

試讀以下單詞					
x	Marx	Luxus	Text	Taxi	Praxis
chs	sechs	wachsen	Wachs	Lachs	Ochse
(c)ks	links	Keks	Knicks	Koks	Koksofen
qu	Quelle	Qualität	Qualle	quer	Quadrat
	Quatsch	Queen	quack	Qual	Qualm

pf					
pf	Pfau	Pfiff	Pflanze	Pfirsich	Pflaster
	Pflege	Pflicht	Pflaume	Pfeffer	Pferd

試讀以下單詞		
p-pf	Tipp-Topf	Posten-Pfosten
	Panne-Pfanne	Kämpe-Kämpfe
f-pf	Affe-Apfel	fährt-Pferd
	Fund-Pfund	Fahne-Pfanne

半母音字母 y 的發音

大寫	小寫	國際音標	名稱	發音模式
	y	國際音標 [y:]	ypsilon	發音時，雙唇前伸形成圓形，發音與 ü 的長音相似。如：Typ，Physik。
	y	國際音標[y]		發音時，雙唇前伸形成圓形，發音與 ü 的短音相似。如：System。
Y		國際音標[j]		發音與 [j] 一樣。如：Yoga。

註解

字母 y 只在外來語中出現。外來語的發音按其原來的發音比較多，如這個外來語來自英語 y，就按照英語發音規則發音。

字母 y 有可參考的讀音規則：

y 在子音之後發母音：y-ü。

y 在母音之前發子音：y-j。

練習 Übungen

y[y:]	typisch	Analyse	analysieren	Physik	Physiologie
y[y]	Ypsilon	System	Systeme	Symbol	
y[j]	Yacht	Yogi	Yucca	Yoghurt	Yoga

語音總練習

1. 試讀以下單詞

au-äu	Haus-Häuser	Maus-Mäuse
	Traum-Träume	Kauf-Käufe
ei-ai	mein-Main	Seite-Saite
	Rhein-Hain	Seiten-Saiten

ei-eu（äu）	Seile-Säule	zeigen-zeugen
	leise-Läuse	Eile-Eule

03-07

[Ç]-[x]	nicht-Nacht	schlecht-Schlacht
	Licht-lacht	Dolch-doch
[x]-[Ç]	Nacht-Nächte	Tochter-Töchter
	Dach-Dächer	Buch-Bücher
ch[Ç]-sch	Löcher-Löscher	Gewicht-gewischt
	Kirche-Kirsche	dich-Tisch
ch	Chaos-Chor	Chance-Chancen
	Charme-charmant	Christ-Chlor

03-08

pr	Preis	prima	Probe
br	Brief	breit	Braten
tr	Traum	Tritt	treiben
dr	drei	Droge	dritte
kr	Kran	Kristall	Kreuzung
gr	groß	Gras	grau
fr	Frau	froh	früh

03-09

pl	Platt	Platz	Plus
bl	Blatt	Blut	blau
kl	Klasse	Klavier	klein
gl	gleich	Glaube	Glas
fl	Fleisch	Flamme	fließen

03-10

fleißig	fleißiger	wichtig	wichtiger
lustig	lustiger	tüchtig	tüchtiger
billig	billiger	wenig	weniger
König	Königin	ewig	ewige
zwanzig	Zwanziger	heilig	heilige

2. 試讀以下常用句型

03-11

(a) Wie geht es Ihnen? 您好嗎？

Es geht. 還可以。

Nicht schlecht. 不錯。

Gut. 挺好的。

Sehr gut. 很好。

Und Ihnen? 您呢？

Danke, sehr gut. 謝謝，非常好。

(b) Guten Appetit ! 祝胃口好！

Danke, gleichfalls.(ebenfalls). 謝謝，您也一樣。

Zum Wohl ! 祝好！

Gesundheit ! 祝您健康！

Danke schön.	多謝。
Vielen Dank.	多謝。

3. 背出以下第一格的人稱代詞

03-12

ich	我	es	它 (中性名詞)
du	你	wir	我們
er	他 (陽性名詞)	ihr	你們
sie	她 (陰性名詞)	Sie/sie	您們／他們

基礎語法

德語單字的重音：

1. 大部分的字重音一般都在第一個音節上。如：Mutter。
2. 外來語的字重音大多在字尾的後綴上。如：-tion, -ssion, -ant, -ent, -ee, -tät, -enz。如：Student, Lektion。
3. 以 -ei, -ieren 結尾的字，字重音在該字尾上，如：studieren。
4. 帶非重讀前綴 be-, ge-, er-, ent-, emp-, ver-, zer- 的動詞及其派生的詞，詞重音一般在該前綴後面的第一個音節上，如：beginnen。
5. 帶前綴 ab-, auf-, aus-, an-, bei-, ein-, mit, nach-, vor- 的動詞及其派生的可分動詞，其重音一般都在該前綴上，如：abfinden, aufstehen。
6. 帶前綴 durch- , über-, unter, um-, voll-, miss-, wieder-, wider 的詞，如是可分動詞，其詞重音在詞的第一個音節。同一個詞，詞重音不同，詞義也不同。所以，在發音時應特別注意。
7. 複合詞通常第一部分重讀，第二部分輕讀。如：Klassenzimmer, Kugelschreiber。

Lektion 4 第四課

字母 e 作爲非重讀母音時的讀音

發音時，與注音符號的ㄜ發音相似，但吐氣短促有力，永遠輕讀，非重讀母音 e 一般出現在前綴或字尾。如：bekommen，gefallen，Bitte。

常見的字尾有：

04-01

-en	schauen	fragen	gehen	lernen
	Frauen	fahren	einen	Menschen
-er	Lehrer	Vater	Mutter	Bauer
	Kinder	Messer	Winter	Lehrer
-el	Gabel	Tafel	Himmel	Spiel
	Schlüssel	Ziel	Ampel	Kartoffel
-e	Tomate	Lampe	Klasse	danke
	Wege	Leute	Karte	Lampe

註解

在國名、州名、城名和極少數的名詞中，ie 仍需分開發音。如：Asi-en、Itali-en、Feri-en、Famili-en。

複合子音 -ng 和 -nk 的發音

-ng 國際音標[ŋ]，發音時，唇齒微開，舌尖放在下門齒，舌面上抬貼住硬顎形成阻塞，通過鼻腔送氣，振動聲帶，只發一個音素。

-nk 國際音標[ŋk]，先發[ŋ]，再發[k]，第一個音發得短而輕，第二個音發得長而重一些，發兩個音素。

註解

ng 和 nk 前面母音均發短音。

04-02

試讀以下單詞

-ng	Ding	Zwang	Anfang	lang
	Hunger	bringen	lange	Finger
-nk	denken	danken	Enkel	sinken
	trinken	dunkel	Punkt	Onkel

後綴 -ismus、-ung、-tion、-ssion、-sion 的發音

-ismus 發[ismus]，如：Realismus、Idealismus。

-ung 發[uŋ]，發音時[u]和[ŋ]要緊連在一起，聽起來似乎是一個音。如：Übung、Achtung。

-tion 發[tsi'o:n]，先發[ts]音，緊接著發 ion，如：Nation、Station、Lektion。

-ssion 發[si'o:n]，如：Diskussion，Kommission。

-sion 發[zi'o:n]，如：Explosion、Revision。

語音總練習

1.試讀以下單詞

a	kam-Kamm	machen-Mann
e	Beet-Bett	den-denn
i	bieten-bitten	Kiepe-Kippe
o	Boot-Bottich	Wohl-Wolle
u	Mut-Mutter	nur-null
ei, ai	Rhein-Hain	Seite-Saite
au	faul-Faust	Auto-Autos
eu, äu	Euro-Europa	Läufer-Läuferin
ä	mähen-nähen	Fälle-Wälle
ö	hören-Hörer	können-gönnen
ü	füllen-Füller	Tür-Türen
be -	bekannt-bekommen	Beleg-belegen
ge -	Gedanke-gedenken	Gebot-geboten
ä -e	Säle-See	Räte-Feder
ö -o	schön-schon	rot-Röte

ü -u	Güte-gut	Züge-Zug
au -äu	Traum-Träume	Maus-Mäuse
au -ei ai	Mauer-Meier	Maus-Mais
p -b	Pein-Bein	packen-backen
t -d	Tier-dir	Ente-Ende
k -g	Kabel-Gabel	Karten-Garten
l -r	alt-Art	legen-regen
f -w	fein-Wein	Fall-Wall
s -ss -β	Kiste-Küsse-Kuss	Autos-Schluss-Strauβ
sch	Fisch-frisch	schon-Schuh
st	Stadt-Staat	stehen-stellen
sp	Sport-Spott	Spur-Spruch
sch -ch	Kirsche-Kirche	Menschen-Männchen
ch	auch-doch	Fach-nach
ch	Licht-nicht	Milch-China
-ig	wenig-wenige	Leipzig-Leipziger
f -pf	Fund-Pfund	Affe-Apfel

2. 語音總清單

(a) 單母音

04-04

字母或字母組合	例詞
長音 a, aa, ah[aː]	Tag, Maat, zahlen, Aal
短音 a[a]	Mann, Kamm, dann, Ball
長音 e, ee, eh[eː]	Meter, Meer, Ehe, stehlen
短音 e[ɛ]	hell, wenn, Welt, Werk
字母 e 作為非重讀母音	Lehrer, Tafel, danke, gefallen
長音 i, ie, ih, ieh[iː]	lila, Miete, Tier, ihnen
短音 i[i]	Trinken, bitten, dick, Kind
長音 o, oo, oh[oː]	Ofen, Boot, so, Ohr
短音 o[ɔ]	offen, soll, oft
長音 u, uh[uː]	gut, du, Mut, Schuhe
短音 u[u]	und, Butter, null, Nummer

(b) 變母音

長音 ä, äh[ɛː]	Bär, Käse, Nähe, Säle
短音 ä[ɛ]	Kälte, älter, Gehälter, Fälle
長音 ö, öh[øː]	Öfen, Söhne, mögen, Öl
短音 ö[oe]	Wörter, können, öffnen, möchten
長音 ü, üh, y[yː]	lügen, müde, früh, Typ
短音 ü, y[y]	fünf, Stück, Mütter, System

(c) 複合母音

04-06

長音 au[ao]	Auto, Haus, auf, Haut
長音 eu, äu[ɔø]	Europa, euer, Bäume, Leute
長音 ei, ai, ay, ey[ai]	Geige, Meier, Mai, Bayer

(d) 子音

04-07

p, pp, -b[p]	Opa, Puppe, ab, lieb
b, bb[b]	aber, Gabe, geben, Boot
t, tt, th, -dt, -d[t]	Tee, fett, Theater, Stadt, Bad
d[d]	dann, dumm, da, dran
k, kk, ck, -g[k]	kaufen, Akkusativ, dick, mag
g, gg[g]	gut, Geld, Gabe, Roggen
f, ff, ph, v[f]	Fall, Affe, Physik, aktiv
w, v[v]	Wunsch, wir, Vase, Verb
j[j]	ja, Juli, Juni, jemand
l, ll[l]	leise, Ball, Plan, lila
r, rr[r]	rot, Brot, leer, Herr
m, mm[m]	machen, Mann, Kamm, kommen
n, nn[n]	Nase, null, Mann, Tonne
ng[ŋ]	jung, bang, eng, lang
nk[ŋk]	danken, denken, sinken, Onkel
z, tz, ts, ds, t(ion)[ts]	zehn, Satz, Station
x, chs, gs, (c)ks[ks]	Luxus, sechs, mittags, Knicks

清子音 s, ss, β[s]	Tasse, nass, Straβe
濁子音 s[z]	See, sieben, Suppe, satt
sch, st, sp[ʃ]	Schnee, schade, Student, spielen
tsch[tʃ]	Deutsch, klatschen, Dolmetscher, Rutsche
pf[pf]	Pflanze, Pfirsich, Pferd, Pflicht
qu[kv]	Qualität, Quelle, Quadrat, Queen
h[h]	Hase, Hause, haben, Heft
ch[x]	lachen, acht, Tochter, Buch
ch, ig[Ç]	durch, Pech, ruhig, fertig

3. 試讀以下常用句型

04-08

(a) Was möchten Sie? 您想要些什麼？

Was hätten Sie denn gern? 您想要些什麼？

Was darf's sein? 您想要些什麼？

Was wünschen Sie? 您想要些什麼？

Sie wünschen? 您想要些什麼？

Ja, bitte? 您想要些什麼？

(b) Wie spät ist es? 幾點了？

Wie viel Uhr ist es? 幾點了？

Es ist fünf Uhr. 五點了。

Ich weiβ nicht. 我不知道。

Keine Ahnung. 我不知道。

Ich habe keine Uhr.	我沒有手錶。
Meine Uhr steht.	我的錶停了。
Meine Uhr geht nicht.	我的錶停了。
Es ist zu spät.	太晚了。

4. 背出以下數字

1. eins	2. zwei	3. drei
4. vier	5. fünf	6. sechs
7. sieben	8. acht	9. neun
10. zehn	11. elf	12. zwölf
13. dreizehn	14. vierzehn	15. fünfzehn
16. ***sech*** zehn	17. ***sieb*** zehn	18. achtzehn
19. neunzehn	20. zwanzig	30. drei***ß***ig
40. vierzig	50. fünfzig	60. ***sech*** zig
70. ***sieb*** zig	80. achtzig	90. neunzig
100. (ein)hundert		

基礎語法

德語的語調

德語根據不同場合，表達不同意思時使用不同的語調，主要有降調和升調。

1. 陳述句和特殊疑問句(帶疑問詞的詞句)，選擇疑問句、命令句(祈使句)和感嘆句一般為降調，如：Ich bin Student. Bitte, setzen Sie sich.

   Was machen Sie jetzt? (特殊疑問句)

   Sprechen Sie Englisch oder Deutsch? (選擇疑問句)

   Aoh, wie schön ist die Stadt? (感嘆句)

2. 在德語中特殊疑問句與其他語種不一樣，德語中特殊疑問句的語調是降調。

   如：Woher kommst du?

3. 升調：德語中無疑問詞的疑問句 (也叫一般疑問句) 用升調。

   如：Bist du hier?

   Ist das ein Füller? ↗

   Sprechen Sie Deutsch? ↗

課文 TEXT

Lektion 1 第一課

Grüße 問候

重要句子 Wichtige Sätze

05-01

• Wie geht's Ihnen?	您最近怎樣？
• Nicht schlecht!	不錯!
• Woher kommen Sie?	您來自哪裡？
• Ich komme aus England.	我來自英國。
• Wohnen Sie hier?	您住在這兒嗎？
• Wohin fahren Sie?	您去哪裡？
• Ich fahre nach München.	我去慕尼黑。

課文 Text

05-02

Tom ：Guten Abend!

Rose ：Guten Abend!
Wie geht's Ihnen?

Tom ：Danke, nicht schlecht.

Rose ：Wohnen Sie hier?

Tom ：Nein, ich wohne in Bremen.

Rose ：Studieren Sie hier?

Tom ：Nein, ich studiere in Bremen.

Lara : Tom, das ist eine Universität. Die Uni ist sehr bekannt. Guten Tag Leo! Das ist Tom. Tom, das ist Leo. Er studiert hier.

Leo : Freut mich, Tom. Woher kommen Sie?

Tom : Ich komme aus England.

Leo : Sind Sie auch Student?

Tom : Ja, ich bin Student.

Leo : Wo wohnen Sie?

Tom : Ich wohne in Bremen.

Leo : Wohin fahren Sie?

Lara : Wir fahren nach München.

Tom : 晚安！

Rose : 晚安！

您最近好嗎？

Tom : 還不錯，謝謝。

Rose : 您住在這兒嗎？

Tom : 不，我住在 Bremen。

Rose : 您在這兒唸書嗎？

Tom : 不，我在 Bremen 唸書。

Lara : Tom，這是一所大學。這所大學是非常有名的。你好，Leo！這是 Tom。Tom，這是 Leo。他在這所大學裡唸書。

Leo : 見到您很高興 Tom。您從哪裡來？

Tom : 我來自英國。

Leo : 您也是學生嗎？

Tom : 是的，我是學生。

Leo : 您住哪兒？

Tom ：我住在 Bremen。
Leo ：您們去哪裡？
Lara ：我們去慕尼黑。

詞彙 Wortschatz

05-03

der Gruβ -Grüβe	問候	sein	是
die Universität -en	大學	studieren	大學學習
der Student -en	大學生	kommen	來 (自)
München	慕尼黑	wohnen	居住
woher	從哪裡來	fahren	乘坐
wo	在哪裡	bekannt	有名的
wohin	到哪裡去	schlecht	差的
aus	來自	nicht	不
in	在	auch	也
nach	往	Freut mich!	見到您很高興！

語法 Grammatik

1. 定冠詞和不定冠詞

定冠詞：用來表達已知的或前面已經提到過的人或事物，或者人們已熟知的人、事物或概念。

不定冠詞：用來表達未知的人或事物，或隨意所指的人或事物。

在敘述中一般用不定冠詞引出所要講述的人或事物，這些人或事物再次出現時則用定冠詞。名詞變為複數時，則去掉不定冠詞。Monika kauft ein Heft. Sie kauft Hefte.

	Bestimmte Artikel	Unbestimmte Artikel
Maskulinum 陽性	der Freund	ein Freund
Neutrum 中性	das Haus	ein Haus
Femininum 陰性	die Uni	eine Uni

通常情況下職業以 -er 結尾的是男性，以 -in 結尾的是女性，如：

Das ist ein Lehrer.（男教師）複數為，- 這（那）是一位男老師。

Das ist eine Lehrerin.（女教師）複數為，-nen 這（那）是一位女老師。

2. 人稱代詞

Singular 單數	ich 我	du 你	er/sie/es 他/她/它 陽性/陰性/中性
Plural 複數	wir 我們	ihr 你們	sie 他們
Sie 您/您們（尊稱，永遠大寫）			

人稱代詞 er，sie，es，sie（pl.）用來指代前面已提過的人或事。

人稱代詞 ich，du，wir，ihr，Sie 用來指代人。

例如：

Das ist eine Universität. Sie ist sehr bekannt.

這（那）是一間大學。它非常有名。

因為 eine Universität 是陰性的，所以要用 sie（她）。

Das ist Tom. Er kommt aus Amerika. 這（那）是Tom。他來自美國。

因為 Tom 是陽性的，所以要用 er（他）。

中性用es，複數用sie。

Er ist Lehrer. Sie ist Lehrerin. 他是男老師。她是女老師。

(介紹職業時，職業前不加任何冠詞)

Das ist ein Lehrer. Der Lehrer heiβt（叫）Markus. Er kommt aus China. 這（那）是一位老師。這（那）老師叫Markus。他來自中國。

Das ist eine Lehrerin. Die Lehrerin heiβt Helga. Sie wohnt in Bonn. 這（那）是一位女老師。這（那）老師叫Helga。她住在波昂。

Das ist ein Kind. Das Kind heiβt Tony. Es wohnt in Shanghai. 這（那）是一個小孩。這（那）小孩叫Tony。他住在上海。

3. Verben 動詞變位

動詞分強變化動詞、弱變化動詞和混合變化動詞。動詞一般由詞根和詞尾兩部分組成。動詞詞根＋詞尾 -en(或 -n)。比如 -eln，-ern。

- 弱變化動詞

弱變化動詞是以動詞詞根加人稱詞尾。

例如：komm-en studier-en 詞尾變化

	komm-en	wohn-en	studieren
ich	komm-e	wohn-e	studier-e
du	komm-st	wohn-st	studier-st
er/sie/es	komm-t	wohn-t	studier-t
wir	komm-en	wohn-en	studier-en
ihr	komm-t	wohn-t	studier-t
Sie/sie	komm-en	wohn-en	studier-en

- 強變化動詞

1. 強變化動詞中有些動詞的基本形式都會發生改變，如 sein。
2. 有些在第二、第三人稱變位時有特殊的形式。
   單詞中變音 a—ä, au—äu。（fahren fähr-st fähr-t）

	sein	fahr-en
ich	bin	fahr-e
du	bist	fähr-st
er/sie/es	ist	fähr-t
wir	sind	fahr-en
ihr	seid	fahr-t
Sie/sie	sind	fahr-en

4. Ja / Nein-Frage 一般疑問句

在一般疑問句中，變位動詞位於句首。回答時用 ja 或 nein。

Arbeiten Sie?	Ja, ich arbeite. Nein, ich arbeite nicht.

5. 疑問詞 Woher 和 Wohin

固定用法 wo—in, woher—aus, wohin—nach/zu。

Wo wohnen Sie?	Ich wohne in Bonn.
Woher kommen Sie?	Ich komme aus England.
Wohin fahrt ihr?	Wir fahren nach Österreich. Wir fahren zur Schule.

練習 Übungen

(一) 課文理解

❶ Ist die Universität bekannt?

❷ Woher kommt Tom?

❸ Studiert Tom hier?

❹ Wohin fahren Lara und Tom?

❺ Fährt Leo auch?

(二) 連連看

❶

du •	• bin
wir •	• sind
er •	• bist
ihr •	• ist
ich •	• seid

❷

er •	• fahren
ich •	• fähr-st
du •	• fahrt
wir •	• fähr-t
ihr •	• fahre

❸

Woher •	• wohnen •	• er?
Wo •	• fahrt •	• ihr?
Wohin •	• kommt •	• Sie?

❹

Er •	• wohne •	• aus China.
Wir •	• fahren •	• in Shanghai.
Ich •	• kommt •	• nach Deutschland.

㈢ 請填寫 er, sie, Sie, ich, ihr, wir, du

❶ Thomas kommt aus Bonn. __________ studiert in Beijing.
Rose kommt aus Leipzig. __________ ist Studentin in Shanghai.

❷ A: __________ bin Schülerin. Und __________ ?
B: __________ bin Techniker（技術工程師）.
A: Wohin fährst __________ ?
B: __________ fahre nach Deutschland.

❸ A: Das sind Max und Lisa.
B: Sind __________ Schüler?
A: Ja. __________ sind Schüler.

❹ A: Kommt Peter?
B: Nein, __________ kommt nicht.

❺ A: Hallo, Li Ming und Li Hong. Kommt __________ aus Thailand?
B: Nein, __________ kommen aus China.

㈣ 填空

❶ __________ ihr Freunde?
Ja, wir __________ Freunde.

❷ Ich __________ nicht in Deutschland.

❸ Leo und Wolfgang __________ Studenten.

❹ __________ du Arbeiter（工人）, Tom?
Ja, und du, Hans, __________ du auch Arbeiter?
Ja, ich ________ Arbeiter.

❺ ________ Sie Student?

Nein, ich ________ Schüler.

㈤ 選擇

❶ ________ kommst du?

Ich komme ________ Deutschland.

(A) Wohin，nach (B) Woher，nach

(C) Woher，aus (D) Wohin，aus

❷ ________ ihr Studenten?

Ja, wir ________ Studenten.

(A) Bist，sind (B) Seid，sind

(C) Ist，seid (D) Sind，ist

❸ Kommt ________ aus England?

________ , ________ kommt aus England.

(A) sie，Ja，sie (B) er，Nein，er

(C) ihr，Nein，ihr (D) wir，Ja，wir

❹ Wo ________ sie?

Sie ________ in Peking.

(A) fahren，fährt (B) sind，sind

(C) wohnen，wohnt (D) seid，ist

❺ Wohin ________ er?

Er ________ nach England.

(A) fährt，fährt (B) fährt，fahrt

(C) fahrt，fahrt (D) fahre，fahre

㈥ 請您提問

❶ ________________ Nein, er kommt nicht aus Hamburg.

❷ ________________ Nein, er ist Lehrer.

❸ ________________ Rose kommt aus Berlin.

❹ ________________ Ja, das ist Leo.

❺ ________________ Danke, es geht.

❻ ________________ Nein, aus München.

㈦ 翻譯

❶ 我是彼得，來自德國。
他是我的朋友，Tom。
我們一起去中國。

____

____

____

❷ A：你是大學生嗎？
B：是的，我是大學生。

____

____

❸ A：你最近好嗎？
B：嗯，不錯。你呢？
A：過得去。

❹ A：Lisa，你住在德國嗎？
B：是的，我住在德國。
A：你去哪裡？
B：我去慕尼黑。

認識德國

德國是歷史悠久的歐洲傳統大國，德國人嚴肅認真的性格在日常生活中表現得更為明顯，每個人都有著強烈的社會責任感。德國人的時間觀念非常強，在德國生活，跟德國人交往一定要注意這一點，否則會被視為不禮貌。另外，德國人特別反感嘲笑別人的行為。

德國人不喜歡贈送貴重的禮物，跟德國友人交往時，不要贈送太過貴重的禮物，否則會使德國友人很不安，送一份有紀念意義的小禮物是最好的選擇。

跟華人不同，在德國，接受服務的時候給服務人員小費是一種禮貌的表現，小費也是服務人員的一個重要的收入來源，不要在小費問題上斤斤計較，幾歐元的小費就會使你得到熱情周到的服務。

德國人很注重尊重個人隱私，包括年齡、職業、薪水、信仰等，跟德國朋友們交往一定要注意這一點。

像很多西方國家一樣，德國人忌諱數字“13”，同時對星期五也是十分忌諱，這種習俗跟西方的宗教傳說有關。

Lektion 2 第二課

Vorstellung 介紹

重要句子 Wichtige Sätze

06-01

•	Nimm bitte Platz!	你請坐！
•	Guck mal hier!	看這兒！
•	Was ist deine Mutter von Beruf?	你的母親是什麼職業？
•	Ich kann sehr gut Chinesisch sprechen.	我能說很好的中文。
•	Warum?	為什麼？
•	Weil meine Mutter Chinesisch und Englisch sprechen kann.	因為我的母親會說中文和英文。

課文 Text

06-02

Lara : Tom, nimm bitte Platz! Guck mal hier! Das ist mein Familienfoto.

Tom : Wie heißt die Frau?

Lara : Sie heißt Lily. Sie ist meine Mutter.

Tom : Ist der Mann dein Vater?

Lara : Ja, er ist mein Vater. Er heißt Markus. Meine Eltern haben nur zwei Kinder. Da ist meine Schwester. Sie heißt Angela.

Tom : Was ist deine Mutter von Beruf?

Lara : Meine Mutter ist Hausfrau.

Tom : Was ist dein Vater?

Lara : Er ist Ingenieur bei Siemens. Er ist schon 60 Jahre alt.

Tom : Was ist deine Schwester?

Lara : Sie ist Lehrerin bei New World Ausbildungszentrum. Angela kann sehr gut Chinesisch sprechen. Ich kann auch Chinesisch sprechen.

Tom : Warum?

Lara : Weil meine Mutter Chinesisch und Englisch sprechen kann. Sie kommt aus China. Warum möchtest du in Deutschland studieren?

Tom : Weil der Maschinenbau in Deutschland sehr berühmt ist und die Studiengebühren günstig sind.

Lara : Jetzt gehen wir zum Bahnhof.

Lara : Tom，請坐！看這兒！這是我的全家福。

Tom : 這位女士叫什麼名字？

Lara : 她叫 Lily。是我的母親。

Tom : 這位男士是你的父親嗎？

Lara : 是的，他是我的父親。他叫 Markus。我父母只有兩個小孩。那位是我的姐姐。她叫 Angela。

Tom : 你母親是什麼職業？

Lara : 我母親是家庭主婦。

Tom : 你父親呢？

Lara : 他是西門子的工程師。他已經 60 歲了。

Tom : 你姐姐呢？

Lara : 她是新世界培訓中心的老師。Angela 會說很好的中文。我也會說中文。

Tom : 為什麼？

Lara : 因為我母親會說中文和英文。她是中國人。為什麼你想在德國唸書？

Tom ：因為德國的機械系非常有名並且學費便宜。

Lara ：現在我們要去火車站了。

詞彙 Wortschatz

06-03

die Vorstellung -en	介紹	Chinesisch	漢語
der Platz -Plätze	位置	Deutschland	德國
das Familienfoto -s	全家福(照片)	nehmen	拿
die Frau -en	女人/女士/小姐/太太	gucken	看／瞧
die Mutter -Mütter	母親	heiβen	叫
der Mann -Männer	男人/丈夫	haben	有
der Vater -Väter	父親	sprechen	說
das Jahr -e	年／年齡	können	能
die Eltern（pl.）	父母親	möchten	想要
das Kind -er	孩子	jetzt	現在
die Schwester -n	姐妹	schon	已經
der Beruf -e	職業	sehr	非常
die Hausfrau -en	家庭主婦	nur	僅僅
der Ingenieur -e	工程師	alt	老
die Lehrerin -nen	女教師	berühmt	有名的
das New World Ausbildungszentrum		新世界培訓中心	
günstig	廉價的	der Maschinenbau	機械系
bei	在	die Studiengebühr -en	學費
zu	往	der Bahnhof -höfe	火車站

1. 對以下各句提問

Ich heiβe John.	Wie heiβen Sie?
Ich bin Ingenieur bei Siemens.	Was sind Sie von Beruf? Was sind Sie?
Weil der Maschinenbau sehr berühmt ist und die Studiengebühren günstig sind.	Warum möchtest du in Deutschland studieren?
Sie sprechen Englisch und Deutsch.	Was sprechen sie?

2. Verben 動詞變位

- 強變化動詞

	nehmen	haben	sprechen
ich	nehme	habe	spreche
du	nimmst	hast	sprichst
er/sie/es	nimmt	hat	spricht
wir	nehmen	haben	sprechen
ihr	nehmt	habt	sprecht
Sie/sie	nehmen	haben	sprechen

* nehmen 動詞現在時變化形式，單數第二人稱和第三人稱 e 變成 i。

- 弱變化動詞

註解

(1) 詞幹以 -d、-t 結尾的動詞，在單數第二、第三人稱及複數第二人稱變化時，詞幹與人稱詞尾之間應加 -e，例：arbeitet。

(2) 詞幹以 -s、-β、-x 或 -z 結尾的動詞，在單數第二人稱變化時，人稱詞尾中的 -s 去掉。

	arbeiten（工作）	heiβen	gehen
ich	arbeite	heiβe	gehe
du	arbeitest	heiβt	gehst
er/sie/es	arbeitet	heiβt	geht
wir	arbeiten	heiβen	gehen
ihr	arbeitet	heiβt	geht
Sie/sie	arbeiten	heiβen	gehen

3. Der Imperativ 命令式

(1) 尊稱 Sie 的動詞命令式和現在時形式一樣。動詞位於句首，人稱代詞尊稱 Sie 在動詞後。句中常加 bitte (請)，動詞放句首，動詞大寫，bitte 放句首，bitte 大寫，不加逗號。Bitte lernen Sie Deutsch!

例：Sie lernen Deutsch. Lernen Sie Deutsch!

(2) 規則動詞 du 的動詞命令式由動詞不定式的詞幹加 -e 組成，-e也可以省略，要把 du 去掉。動詞詞幹＋e (口語中省略 -e)

例：Du kommst. Komm!

接規則動詞 du 命令式

動詞詞幹以 -d, -t, -chn, -ffn, -gn, -tm, -dm, -ig 為詞尾子音時，其單數第二人稱命令式需加 -e，即動詞詞幹＋e

d-bilden　Bilde bitte die Sätze!

t-arbeiten　Arbeite bitte heute nicht!

chn-zeichnen　Zeichne bitte gut!

ffn-öffnen　Öffne bitte das Fenster!

gn-segnen　Segne bitte die Mahlzeit!

tm-atmen　Atme bitte tief!

dm-widmen　Widme der Arbeit deine Zeit!

ig-entschuldigen　Entschuldige bitte!

強變化動詞除了去掉 du 還要把第二人稱單數的變音去掉。

例：Du fährst. Fahr!

單數第二人稱母音或子音換音仍換音，但不加詞尾 -e。Lesen Lies die Zeitung!

(3) ihr 的動詞命令式和現在式一致，但在句中省略代詞 ihr。

例：Ihr kommt. Kommt!

註解

haben、sein 在命令式中不規則的變位。

Sie haben keine Angst.	Haben Sie keine Angst!	（不要害怕（您）！）
Du hast keine Angst.	Hab keine Angst!	（不要害怕（你）！）
Ihr habt keine Angst.	Habt keine Angst!	（不要害怕（你們）！）
Sie sind leise.	Seien Sie leise!	（安靜（您）！）
Du bist leise.	Sei leise!	（安靜（你）！）
Ihr seid leise.	Seid leise!	（安靜（你們）！）

4. 帶定冠詞的單複數名詞的第一格和第四格

在德語中第一格通常是作主語和表語。第四格是作賓語。

Singular（單數）	maskulin	feminin	neutral
Nominativ	der Vater	die Mutter	das Kind
Akkusativ	den Vater	die Mutter	das Kind
Plural（複數）	maskulin	feminin	neutral
Nominativ	die Väter	die Mütter	die Kinder
Akkusativ	die Väter	die Mütter	die Kinder

註解

(1) 以 -nis 結尾的名詞的複數以 -nisse 結尾。

例：das Ergebnis die Ergebnisse

(2) 以 -in 結尾的陰性名詞的複數以 -innen 結尾。

5. 帶不定冠詞的單複數名詞的第一格和第四格

Singular（單數）	maskulin	feminin	neutral
Nominativ	ein Vater	eine Mutter	ein Kind
Akkusativ	einen Vater	eine Mutter	ein Kind
Plural（複數）	maskulin	feminin	neutral
Nominativ	Väter	Mütter	Kinder
Akkusativ	Väter	Mütter	Kinder

• 冠詞第四格的例句:

Maskulin : Ich habe einen Kugelschreiber（原子筆）. Nimmst du den Kugelschreiber?
我有一支原子筆。你要這支原子筆嗎？

Feminine : Ich habe eine Tasche（包）. Nimm bitte die Tasche!
我有一個手提包。請把手提包拿著！

Neutral : Ich habe ein Buch. Nimmst du das Buch?
我有一本書。你要把這書拿去嗎？

Plural : Ich habe Bücher. Nehmt bitte die Bücher!
我有些書。你們把書拿去吧！

6. 物主代詞

物主代詞的第一格：

	ich	du	er	sie	es	wir	ihr	Sie	sie
m	mein	dein	sein	ihr	sein	unser	euer	Ihr	ihr
f	meine	deine	seine	ihre	seine	unsere	eure	Ihre	ihre
n	mein	dein	sein	ihr	sein	unser	euer	Ihr	ihr
pl	meine	deine	seine	ihre	seine	unsere	eure	Ihre	ihre
	我的	你的	他的	她的	它的	我們的	你們的	您的 您們的	他們的

練習 Übungen

(一) 課文理解

❶ Was ist Lily?

❷ Was ist Markus von Beruf?

❸ Haben die Eltern (Lily und Markus) nur ein Kind?

❹ Ist Angela Studentin?

❺ Kann Lara Chinesisch sprechen?

(二) 請將 Sie 的命令式改成 du 和 ihr 的命令式

Beginnen Sie, bitte!

____

____

Fahren Sie bitte nach Hamburg!

____

____

Kommen Sie, bitte!

____

____

Seien Sie bitte leise!

____

____

Nehmen Sie bitte die Bücher!

____

____

Sprechen Sie bitte Deutsch!

____

____

㈢ 動詞變位練習

❶ 用 sprechen 填空。

__________ Sie Deutsch?

Ja.

Und Ihre Frau?

Sie __________ auch Deutsch.

Ist das Ihr Sohn（兒子）? __________ er auch Deutsch?

Ja, aber nicht gut.

❷ 用 haben 和 sein 填空。

(a) __________ bitte leise! Ich arbeite.

(b) __________ ihr viel Arbeit?

(c) Das __________ meine Fotos. Das __________ ich.

(d) Ich __________ zwei Kinder.
Sie __________ Helga und Christian.

(e) Du __________ in Shanghai. Er __________ in Peking.

(f) __________ du einen Kugelschreiber?
Nein, aber er __________ einen Füller（鋼筆）.

㈣ 填寫物主代詞

❶ Wohin geht Ihre Frau? __________ Frau geht nach China.

❷ Sind das eure Taschen? Ja, das sind __________ Taschen.

❸ Hat er ein Auto? Ja, das ist __________ Auto.

❹ Wir wohnen jetzt in Köln. __________ Haus ist sehr schön（漂亮）.

㈤ 翻譯

❶ 我有個孩子，他叫 Markus，他的德文說得很好。

❷ 請你們不要說話。我現在在工作。

❸ 我叫 Stella，我丈夫叫 Thomas，我們的孩子叫 Helga 和 Christian。

❹ 我和我的姐姐現在在德國工作，我們的父母在中國。

❺ 你在德國唸機械系嗎？

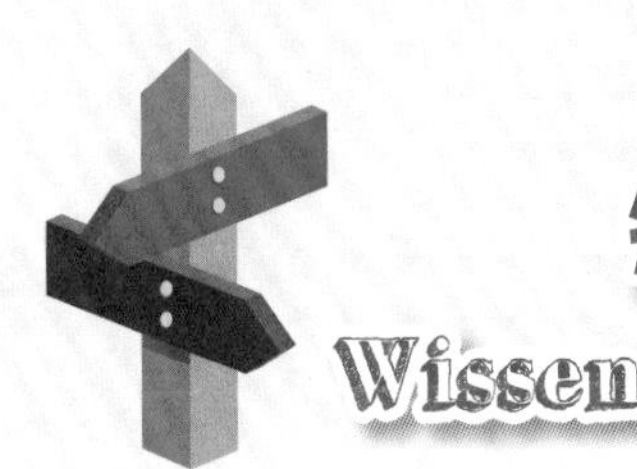

德國美食

提起德國美食，不能不提起德國香腸，德國人喜歡肉食，尤其喜歡吃香腸。他們製作的香腸有 1500 種以上，許多種類風行世界，像以地名命名的“黑森林火腿”，可以切得跟紙一樣薄，味道奇香無比。德國的國菜就是在酸卷心菜上鋪滿各式香腸，有時用一整隻豬後腿代替香腸和火腿，那燒得熟爛的一整隻豬腿，德國人可以面不改色地一個人吃掉它。

德國菜以酸、鹹口味為主，調味較為濃重。烹飪方法以烤、燜、串燒、燴為主。藍格紋的桌布上擺著一筐麵包，客人在等待中可以慢慢享用，德國麵包很有咬勁，牙齒好的人才能品嚐出味道。德式的湯一般比較濃郁，喜歡把原料打碎在湯裡，這大概與當地天寒地凍的氣候有關。據說德國人生性比較儉樸，水煮香腸，一鍋濃濃的馬鈴薯豆子湯，加上有名的醃製酸菜和麵包，一頓飯便打發了。

Lektion 3 第三課 Wetter 天氣

重要句子 Wichtige Sätze

07-01

•	Wie lange musst du noch in Deutschland studieren?	
	你還要在德國讀多長時間？	
•	Wie ist das Wetter?	天氣怎麼樣？
•	Wie ist die Temperatur?	溫度是多少？
•	Die Temperatur ist 23°C.	溫度為 23°C。
•	Aber manchmal gibt es Sturm und Hagel.	
	但是有時候有風暴和冰雹。	
•	Danke schön! Bitte schön!	謝謝！不用謝！

課文 Text

Lara : Tom, wie lange musst du noch in Deutschland studieren?

Tom : Ich muss noch ca. 2 Jahre studieren. Lara, guck mal! Es regnet. Oh, ich habe keinen Regenschirm dabei. Kannst du den Wetterbericht anhören? Wie ist das Wetter morgen?

Lara : Morgen Vormittag ist es bewölkt und bleibt windig, aber morgen Nachmittag scheint die Sonne. Morgen Abend regnet es.

Tom : Wie ist die Temperatur heute?

Lara : Die Temperatur ist heute 23°C.

Tom : Und wie ist die Temperatur morgen?

Lara : Morgen wird es kalt. Die Temperatur ist 16°C.

Tom : Pech!

Lara : Dieses Wetter ist ganz normal in Deutschland. Es schneit oft im Winter. Es ist sehr kalt. Im Sommer ist es sehr warm. Viele Leute machen Urlaub an der See. Im Frühling und Herbst ist es warm. Aber manchmal gibt es Sturm und Hagel.

Tom : Ich muss jetzt nach Hause gehen und einen Regenschirm holen. Dann fahren wir nach München.

Lara : Ich habe einen Regenschirm und einen Regenmantel dabei. Du kannst meinen Regenschirm nehmen.

Tom : Danke schön!

Lara : Bitte schön!

Lara : Tom，你還要在德國讀多久時間？

Tom : 我大約還要讀兩年。Lara，看呀！下雨了。我沒有帶傘在身邊。你能不能聽一下天氣預報？明天的天氣怎麼樣？

Lara : 明天早上多雲並且有風，但是明天下午出太陽。明天晚上又要下雨。

Tom : 今天的氣溫是多少？

Lara : 今天氣溫 23°C。

Tom : 那麼明天的氣溫是多少？

Lara : 明天將會變冷。氣溫 16°C。

Tom : 倒霉！

Lara : 這種天氣在德國是非常正常的。冬天經常下雪，非常冷。夏天是非常暖和的。許多人在海邊度假。春天和秋天氣候宜人。但有時候會有風暴和冰雹。

Tom : 我必須現在回家拿把雨傘。然後我們去慕尼黑。

Lara：我有一把雨傘和一件雨衣。你可以用我的雨傘。

Tom：多謝！

Lara：不客氣！

詞彙 Wortschatz

07-03

das Wetter -	天氣	anhören	仔細聽
der Wetterbericht	天氣預報	scheinen	照射
der Vormittag -e	上午	regnen	下雨
der Nachmittag -e	下午	werden	變成
die Sonne -n	太陽	schneien	下雪
die Nacht -Nächte	夜晚	machen	做
die Temperatur -en	溫度	geben	給
das Pech	倒霉	holen	取
der Winter -	冬天	normal	普遍的
der Sommer -	夏天	bewölkt	多雲的
die Leute pl	人們	windig	有風的
der Urlaub -e	假期	kalt	冷的
die See -n	海	warm	溫暖的
der Frühling -e	春天	oft	經常
der Herbst -e	秋天	morgen	明天
der Sturm -Stürme	風暴	heute	今天
der Hagel	冰雹	dabei	在旁邊
der Regenschirm -e	雨傘	kein	沒有
der Regenmantel -mäntel	雨衣	an	在……旁
müssen	必須	ca.=circa/(zirka)	大約
bleiben	停留，保持		

語法 Grammatik

1. wie 的幾種用法

(1) 與動詞連用

Wie geht's dir? Wie heiβt du?

Wie ist die Temperatur?

(2) 與副詞連用

Wie lange musst du noch in Deutschland studieren?

您還必須在德國讀多久大學？

Wie oft gehst du nach Hause? 你多久回家一次？

註解

wie lange 用來對持續的時間進行提問，wie oft 用來對行為或狀態發生的頻率進行提問。

(3) 與形容詞連用

Wie alt bist du? 你幾歲了？

2. Verben 動詞變位

(1) 情態動詞的變位

情態動詞是用來表明某人對某行為的態度，如：某人是否願意做某事，某人是否能做某事，某人是否必須做某事等，因此除情態動詞外句中還需要一個實義動詞，該實義動詞為原型。

在德語的簡單句子中，動詞一般放在句子的第二位，而當有兩個動詞出現時（情態動詞和實義動詞），那麼情態動詞放在句子的第二位，實義動詞放在最後，形成框型架構。

(a) müssen 表示必要性，由於主觀或客觀的種種原因必須、不得不去做某事。

例：Alle Menschen müssen sterben. 人都是要死的。

Ich muss noch ca. 2 Jahre studieren. 我大概還需讀兩年大學。

(b) können

(1) 表示一種客觀條件提供的可能性。

例：Wer kann Frau Lauer den Kugelschreiber bringen?

誰能給 Frau Lauer 帶這支原子筆過去？

(2) 表示一種能力，一種主觀條件提供的可能性。情態動詞Können後面可帶第四格賓語，作獨立動詞用，如：Können Sie Deutsch?

例：Wir können Deutsch sprechen. 我們會說德文。

— Können Sie schwimmen?（游泳） 您會游泳嗎？

— Ja, ich kann das. 是的，我會游泳。

(3) 表示客觀上的許可

例：Kann ich jetzt etwas fragen?

我現在可以問一些問題嗎？

(c) möchten 是 mögen（喜歡）的第二虛擬式。表示客氣、婉轉的語氣。它也可作獨立動詞，帶第四格賓語或方向補足語。

(1) 表示願望、興趣，它只是表達一種想法和念頭，並不一定要去實現它。

例：Möchtest du nach Deutschland fliegen（飛）?

你想要去德國嗎？

(2) 客氣地徵詢他人的意見或提出自己的請求時，用 möchten。

例：Möchten Sie Kaffee oder Tee? 您想喝咖啡或茶嗎？

Ich möchte Sie fragen（問）。 我想要請教您。

	müssen	können	möchten
ich	muss	kann	möchte
du	musst	kannst	möchtest
er/sie/es	muss	kann	möchte
wir	müssen	können	möchten
ihr	müsst	könnt	möchtet
Sie/sie	müssen	können	möchten

(2) 強變化動詞

	werden	geben
ich	werde	gebe
du	wirst	gibst
er/sie/es	wird	gibt
wir	werden	geben
ihr	werdet	gebt
Sie/sie	werden	geben

3. kein 的第一格、第四格形式

否定詞 kein 基本上是對名詞的否定，可以說它相當於一個名詞的否定冠詞。因此在使用中它要與被否定的名詞表示性、數、格的一致。

(1) 否定帶不定冠詞的名詞及其不帶冠詞的複數形式。

例：Er hat einen Kugelschreiber.　　他有一支原子筆。

Er hat keinen Kugelschreiber.　　他沒有原子筆。

Er hat Freunde.　　他有朋友。

Er hat keine Freunde.　　他沒有朋友。

⑵ 否定不帶冠詞的單數物質名詞。

例：Er trinkt Bier.　　　他喝啤酒。

Er trinkt kein Bier.　　　他不喝啤酒。

⑶ 否定表示職業、民族、信仰、職務等不帶冠詞作表語的名詞。

例：Er ist Lehrer.　　　他是老師。

Er ist kein Lehrer.　　　他不是老師。

Singular（單數）	maskulin	feminin	neutral	Plural（複數）
Nominativ	der Beruf	die Frau	das Buch	die + 名詞複數
	ein Beruf	eine Frau	ein Buch	/
	mein Beruf	meine Frau	mein Buch	meine + 名詞複數
	kein Beruf	keine Frau	kein Buch	keine + 名詞複數
Akkusativ	den Beruf	die Frau	das Buch	die + 名詞複數
	einen Beruf	eine Frau	ein Buch	/
	meinen Beruf	meine Frau	mein Buch	meine + 名詞複數
	keinen Beruf	keine Frau	kein Buch	keine + 名詞複數

4. 物主代詞第四格

	mein	dein	sein	ihr	sein	unser	euer	Ihr	ihr
m	meinen	deinen	seinen	ihren	seinen	unseren	euren	Ihren	ihren
f	meine	deine	seine	ihre	seine	unsere	eure	Ihre	ihre
n	mein	dein	sein	ihr	sein	unser	euer	Ihr	ihr
pl	meine	deine	seine	ihre	seine	unsere	eure	Ihre	ihre

練習 Übungen

(一) 課文理解

❶ Wie lange muss Tom in Deutschland bleiben?

❷ Hat Tom keinen Regenschirm?

❸ Wie ist das Wetter morgen?

❹ Ist morgen kalt?

❺ Geht Tom nach Hause und nimmt einen Regenschirm?

(二) 劃線句提問

❶ Ich gehe nach China.

____

❷ Angelika lernt Deutsch.

____

❸ Ich möchte einen Kugelschreiber kaufen（買）.

____

❹ Mein Haus ist in Hamburg.

____

❺ Das Buch ist gut.

____

(三) 用 müssen，können 和 möchten 填空

❶ Kommst du heute?

Nein, ich __________ leider（可惜）nicht kommen.

Ich __________ arbeiten.

❷ __________ wir jetzt fahren? Nein, wir __________ noch warten.

❸ Wie lange __________ sie in Shanghai bleiben? Sie __________ am Samstag（星期六）gehen, weil ihre Mutter krank（生病）ist.

❹ Ihr __________ in Deutschland studieren.

Aber zuerst __________ ihr Deutsch lernen.

❺ Tee oder Kaffee? Was __________ du?

❻ Sie __________ nach Oldenburg fahren und ihre Groβmutter besuchen.

❼ Was __________ Sie? Ich trinke gern Tee.

(四) 選擇

❶ Ich habe ________ Tasche. Ich möchte ________ kaufen.

(A) keinen，einen　　(B) keine，eine

(C) den，keinen　　(D) der，ein

❷ Entschuldigen Sie bitte! Wo gibt es ________ Regenschirm?

Hier gibt es ________ Regenschirm.

(A) einen，keinen　　(B) ein，kein

(C) den，keinen　　(D) der，ein

❸ Hat Leo ________ Auto. Ja, er hat ________ Auto. ________ ist sehr schön.

(A) einen，einen，Den (B) keinen，keinen，Der

(C) ein，ein，Das (D) kein，kein，Das

❹ Herr Lauer möchte ________ Kaffee. Er möchte Tee.

(A) ein (B) kein

(C) einen (D) keinen

❺ Haben Sie ________ Geld?

Nein, ich habe ________ Geld.

(A) /，kein (B) die，keine

(C) keine，die (D) /，keine

㈤ 翻譯

❶ 明天天氣怎麼樣？陽光普照，但是有點風。

____

____

____

❷ 她須待在德國多長時間？她大約還要待 2 天。

____

____

____

❸ 你有沒有聽天氣預報？明天可能會下雪。天氣會變得很冷。

___

___

___

❹ 下雨了，這兒沒有傘，我怎麼回家呢？

___

___

___

❺ 你會做這個練習嗎？我不會。

___

___

___

德國人的早餐

德國和我們用餐時間差不多，一日三餐。早餐一般在七點，午餐一點，晚餐七點。有的地方午餐和晚餐之間喝午後咖啡，吃蛋糕。

與我們的飲食習慣不同，德國人最講究、最豐盛的不是午餐、晚餐，而是早餐。在旅館或政府機構的餐廳，早餐大都是自助式，有主食、肉類、蔬菜、飲料、水果等，不僅種類豐富，且色香味俱佳。而在一般家庭，不論其家境貧富，其早餐的內容一般都大同小異：首先是飲料，包括咖啡、茶、各種果汁、牛奶等，主食為各種麵包，以及與麵包搭配的奶油、乾酪和果醬，外加香腸和火腿。德國人吃飯的效率很高，他們可以在短短的 10 分鐘內把這些豐盛的食物搭配完畢並吃完，為其一上午忙錄的工作提供能量。

Lektion 4 第四課

Verkehr 交通

重要句子 Wichtige Sätze

•	Der nächste, bitte!	請下面一位！
•	Einen Augenblick!	等一下！
•	Einfach oder hin und zurück?	單程還是來回？
•	238 Euro pro Person.	每個人 238 歐元。
•	24 Euro zurück!	找 24 歐元。

課文 Text

08-02

Beamtin : Der nächste, bitte!

Lara : Wir wollen heute Nachmittag nach München fahren.

Beamtin : Einen Augenblick, bitte! Jetzt gibt es einen Zug um 14.04 Uhr und heute Abend um 18.10 Uhr.

Lara : Ist 18.10 Uhr zu spät, Tom?

Tom : Ja, das ist zu spät.

Lara : 18.10 Uhr passt uns nicht. Wir nehmen den Zug um 14.04 Uhr. Müssen wir umsteigen?

Beamtin : Ja, in Hannover. Ab Hannover dann durchgehend über Würzburg, Ansbach und Ingolstadt und dann nach München.

Lara : Wann kommen wir in Hannover an? In welchen Zug steigen wir in

Hannover ein?

Beamtin : Um 15.20 Uhr kommt ihr in Hannover an. Auf Gleis 10 nehmt ihr den Intercity-Express 785

Lara : Wann können wir in München ankommen?

Beamtin : Um 20.38 Uhr.

Lara : Oh, zu lange. Es dauert 6 Stunden.

Tom : Das ist sehr langweilig im Zug.

Lara : Wie teuer ist die Fahrkarte?

Beamtin : Einfach oder hin und zurück?

Lara : Hin und zurück, bitte!

Beamtin : 238 Euro pro Person. Das macht zusammen 476 Euro.

Lara : Hier sind 500 Euro.

Beamtin : 24 Euro zurück!

Lara : Können Sie mir eine Zugverbindung geben?

Beamtin : Ja, gern!

Beamtin : 請下一位！

Lara : 我們今天下午要到慕尼黑。

Beamtin : 請等一下！現在有一輛14點04分的火車和晚上18點10分的火車。

Lara : 18點10分太晚嗎，Tom？

Tom : 是的，太晚了。

Lara : 18點10分不適合我們。我們搭乘14點04分的火車。我們必須轉乘嗎？

Beamtin : 是的，在 Hannover。從 Hannover 不中斷地穿越 Würzburg, Ansbach 和 Ingolstadt 然後到達慕尼黑。

Lara : 我們什麼時候到達 Hannover？我們乘哪輛火車到 Hannover？

Beamtin　: 在15點20分你們到達 Hannover。在 10 號月台乘坐 785 號 ICE。
Lara　: 我們什麼時候到達慕尼黑？
Beamtin　: 20點38分。
Lara　: 哦，太長了。要 6 個小時。
Tom　: 在火車上太無聊了。
Lara　: 火車票多少錢？
Beamtin　: 單程還是來回？
Lara　: 來回車票！
Beamtin　: 每個人 238 歐元。一共是 476 歐元。
Lara　: 這兒是 500 歐元。
Beamtin　: 找給您 24 歐元!
Lara　: 您能給我一張轉乘時刻表嗎？
Beamtin　: 好的，非常樂意!

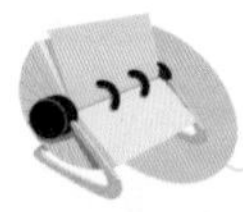

詞彙 Wortschatz

08-03

der Verkehr	交通	spät	晚的
der Augenblick	瞬間	durchgehend	不中斷的
der Zug -Züge	火車	lange	長的
das Gleis -e	月台	langweilig	無聊的
der Intercity -Express	特快列車	teuer	貴的
die Stunde -n	小時	einfach	簡單的
die Fahrkarte -n	車票	wann	什麼時候
die Person, Personen	人	welch-	哪個（些）
die Zugverbindung, -en	轉乘時刻表	dies-	這個（些）
Hannover	漢諾威	ab	從……起

Würzburg	維爾茨堡	zu	太
Ansbach	安斯巴赫	hin	去
Ingolstadt	因戈爾施塔特	zurück	回來
umsteigen	轉乘	zusammen	一起
ankommen	到達	gern	樂意
dauern	持續	um	在……時刻
passen + D	適合	über	經過
nächst	下一個的	auf	在……上

語法 Grammatik

1. 否定詞 nicht 的用法

nicht 用於句子否定和部分否定。句子否定是對主語和謂語整體的否定。部分否定是指對句中某一部分的否定。

nicht 在否定句中的位置十分重要。它的位置決定整個句子的意義。其位置的變化往往會引起整個句子意義的完全改變。

例：(a) Nicht alle Leute kommen hier her.
不是所有的人都來這裡。

(b) Alle Leute kommen hier nicht her.
所有的人不到這兒來。

部分否定時 nicht 一般在被否定的部分之前。

句子否定時原則上將 nicht 放在句尾，與變位動詞一起構成一個否定的框架。

(1) nicht 與謂語的位置

(a) 謂語由一部分組成時，nicht 放在句末。

例：Ich arbeite heute nicht. 我今天不工作。

(b) 謂語由兩部分以上組成時，將 nicht 放在第二部分之前。

例：Können wir morgen nicht abfahren? 我們明天不能出發嗎？

(2) nicht 與表語的位置

表語在句尾，nicht 必須在該表語前面。

(a) 形容詞作表語時，nicht 必須在該表語前面。

例：Ich bin nicht krank.

(b) 副詞作表語時，nicht 在表語前後皆可。

例：Er ist nicht dort. = Er ist dort nicht. 他不在那兒。

(3) nicht 與賓語的位置

(a) nicht 一般放在名詞後。

例：Ich habe das Buch. 我有一本書。

Ich habe das Buch nicht. 我沒有這本書。

註解

否定帶定冠詞的名詞用 nicht。

否定帶不定冠詞以及零冠詞的名詞用 kein。

例：Ich habe ein Buch. 我有一本書。

Ich habe kein Buch. 我沒有書。

(b) 句中謂語所要求的第四格名詞並非真正意義上的第四格賓語，而是與動詞組成了詞組，那麼 nicht 放在第四格名詞前。

例：Er spielt nicht Fuβball. 他不玩足球。

(c) nicht 遇到介賓結構時，nicht 可放在介詞賓語之前。

例：Das Leben besteht nicht aus Arbeit. 生活不僅僅由工作組成。

(4) nicht 否定狀語時，nicht 一般放在該成分前。

例：Ich gehe nicht nach München. 我不去慕尼黑。

2. 德語中的不可分前綴 be-，ver-，er-，ent-，ge-，zer-，emp-，miss- 等不重讀

⑴ 不可分前綴一般沒有獨立的意義。

⑵ 由不可分前綴構成單詞的意義與動詞詞幹的意義相去甚遠。

例：Ich komme aus China. 我來自中國。

Ich bekomme ein Buch. 我得到一本書。

⑶ 這些前綴在任何情況下都和動詞詞幹連寫。

例：Verstehst du? 你明白嗎？ Erzähl bitte! 請你說一下！

3. 德語中的可分前綴 an-，um-，zu-，auf-，ab-，nach-，vor-，ein- 等重讀

⑴ 可分動詞由詞根和可分前綴構成，重音在可分前綴上，

例：ankommen, umsteigen, zuhören。

⑵ 可分動詞的前綴都是獨立的詞並有自己的含義。

⑶ 可分動詞前綴在句中的位置。

(a) 在陳述句、疑問句和命令句中，可分前綴在句末。

例：Ich steige in den Zug ein. 我上到火車。

Wann fährt er ab? 他（火車）何時開車。

Steigen Sie ein! 請上車！

(b) 可分動詞與情態動詞連用時，前綴和動詞連寫，放在句末。

例：Ich möchte heute abfahren. 我想今天出發。

4. 情態動詞 wollen

wollen 表示一種決心、打算、意圖，並準備付諸實現，意志比 möchten 更為強烈。

	ich	du	er/sie/es	wir	ihr	Sie/sie
wollen	will	willst	will	wollen	wollt	wollen

5. 疑問代詞 welch- 和指示代詞 dieser，diese，dieses，diese（複數）

welch- 放在名詞前作定語，例：

Welches Buch nimmst du? 你要拿那本書？

Dieses hier. 這裡這本。

welch- 作代詞單獨使用，例：

Nimm mein Buch! 拿我的書！

Welches ist dein Buch? 哪一本是你的書？

指示代詞 dieser，diese，dieses，diese（複數）的變格和定冠詞一樣。

Singular（單數）	maskulin	feminin	neutral	Plural（複數）
Nominativ	der Beruf dieser Beruf welcher Beruf	die Frau diese Frau welche Frau	das Buch dieses Buch welches Buch	die + 名詞複數 diese + 名詞複數 welche + 名詞複數
Akkusativ	den Beruf diesen Beruf welchen Beruf	die Frau diese Frau welche Frau	das Buch dieses Buch welches Buch	die + 名詞複數 diese + 名詞複數 welche + 名詞複數

6. 時間表

	umgangssprachlich（日常用法）	offiziell（正式用法）
9.00	neun	neun Uhr
21.00		einundzwanzig Uhr
9.07	sieben (Minuten) nach neun	neun Uhr sieben
21.07		einundzwanzig Uhr sieben
9.15	Viertel nach neun/ fünfzehn (Minuten) nach neun	neun Uhr fünfzehn
21.15		einundzwanzig Uhr fünfzehn
9.26	vier (Minuten) vor halb zehn	neun Uhr sechsundzwangig
21.26		einundzwanzig Uhr sechsundzwanzig
9.30	halb zehn	neun Uhr dreißig
21.30		einundzwanzig Uhr dreißig
9.38	acht (Minuten) nach halb zehn / zweiundzwanzig (Minuten) vor zehn	neun Uhr achtunddreißig
21.38		einundzwanzig Uhr achtunddreißig
9.45	Viertel vor zehn / fünfzehn (Minuten) vor zehn	neun Uhr fünfundvierzig
21.45		einundzwanzig Uhr fünfundvierzig
9.53	sieben vor zehn	neun Uhr dreiundfünfzig
21.53		einundzwanzig Uhr dreiundfünfzig

(一) 課文理解

❶ Welchen Zug nehmen Lara und Tom?

❷ Wann können Lara und Tom in München ankommen?

❸ Wie lange sind Lara und Tom im Zug?

❹ Wie teuer ist eine einfache Fahrkarte?

❺ Steigen Lara und Tom in Würzburg um?

(二) 用 welch- 和 dies- 填空

❶ ________ Haus ist dein Haus? ________ Haus.

❷ An ________ Tag fährst du nach Hamburg? Morgen.

❸ ________ Student möchte in Deutschland studieren? ________ hier.

❹ ________ Bus nimmt er nach Hause? ________ Bus.

❺ ________ Übungen macht ihr jetzt? ________ .

❻ ________ Lektion lernen wir heute? Lektion 4.

❼ ________ Auto mögen Sie? ________ .

❽ ________ Schwester ist Lehrerin? ________ da vorn.

(三) 用 möchten，wollen，können 和 müssen 填空

❶ Das Kind ist müde（累了）und ________ schlafen（睡覺）.

❷ Es ist 18.10 Uhr. Sie ________ nach Hause gehen.

❸ Ich ________ gern spazieren gehen（散步）.
Aber ich ________ nicht.
Ich ________ noch arbeiten.

❹ Seine Mutter ist krank und er ________ nicht zur Arbeit kommen.

❺ ________ ich ein Blatt Papier haben? Ich ________ etwas schreiben（寫）.

❻ Lara ________ ins Kino（電影院）gehen.
Tom ________ auch ins Kino gehen. Sie haben noch eine Stunde Zeit（時間）.
Sie ________ noch Kaffee trinken.

(四) 請寫出 umsteigen，ankommen 和 zuhören 的動詞變位

	umsteigen	ankommen	zuhören
ich			
du			
er/sie/es			
wir			
ihr			
Sie/sie			

㈤ 翻譯

❶ 今天有沒有去漢堡的火車？
等一下！有，在下午 3 點。

____

____

____

❷ 我們必須在科隆轉乘嗎？是的。

____

____

____

❸ 我們幾點能到達波昂？我也不知道。

____

____

____

❹ 你有買火車票嗎？沒有，我們一塊去買。

____

____

____

❺ 你乘的是哪輛火車？我乘的是 567ICE ，並在 10 號月台轉乘。

____

____

____

知識與文化

Wissenschaft und Kultur

德國人的午餐和晚餐

德國的午餐一般多在公司餐廳或快餐館就餐，是名副其實的快餐，如一個由土豆、沙拉和幾塊肉組成的拼盤，外加一杯飲料。在有家庭主婦和未成年孩子的家庭，午餐也較簡單，如一塊熟肉、肉餅配菜和麵包，或燉牛肉配米飯和生菜，再簡單的就像我們的肉燥麵一樣，用肉汁拌義大利麵條，飯後喝一杯咖啡或吃一個冰淇淋。德國人簡化午餐並不是為了省錢，而是為了節省時間。

德國人的家庭晚餐通常是冷餐，內容是很豐盛的：一盤肉食的拼盤；鮮嫩可口的蔬菜，如小蘿蔔、番茄、黃瓜；新鮮的水果，如葡萄、櫻桃。有的家庭主婦還擺出各種風味的乾酪，主食是麵包。晚餐時間比較寬裕，一家人圍坐在桌前，邊吃邊聊。

Lektion 5 第五課 Nach dem Weg fragen 問路

重要句子 Wichtige Sätze

09-01

• Das ist ziemlich weit!	這是有一定距離的！
• Wie gehen wir dorthin?	我們怎樣去那裡？
• Dann ist es nicht mehr weit.	然後就離得不遠了。
• Immer geradeaus, dann nach rechts.	一直走，然後向右轉。

課文 Text

09-02

Lara : Guten Tag! Wo ist bitte die TU München?

Passant : Guten Tag! Die TU München ist in der Arcisstraße, das ist ziemlich weit!

Lara : Wie gehen wir dorthin?

Passant : Ihr müsst mit der U-Bahn fahren. Seht ihr dort vorne das Gebäude? Das ist eine Bibliothek. Dann geht ihr nach links und immer geradeaus. Da ist die U-Bahnhaltestelle Nikolausstraße. Von dort fahrt ihr mit der Linie 2 zum U-Bahnhof Lapanplatz, steigt dann in die Linie 5 zum Paulskrankenhaus um. An der Station Post steigt ihr aus. Dann ist es nicht mehr weit.

Lara : Danke! Tschüs!

Passant : Bitte! Tschüs!

Lara : Tom, ich verstehe noch nicht.

Tom : Ich kenne diese Straβen auch nicht.

Lara : Ich habe eine gute Idee. Wir können zur Information gehen und einen Stadtplan holen... Entschuldigung! Können Sie mir einen Stadtplan geben?

Schalterbeamter : Ja, bitte!

Lara : Hier ist der Stadtplan, bitte! Wo sind wir jetzt? Sind wir nicht auf der Karlstraβe?

Tom : Doch, wir sind auf der Karlstraβe. Wo ist die Haltestelle? Wir müssen den Bus 345 bis zur Haltestelle Nardolstraβe nehmen und dann aussteigen. Frag mal Passanten, bitte!

Lara : Guten Tag! Wo ist bitte die Haltestelle Karlstraβe?

Passant : Immer geradeaus, dann nach rechts. Hinter dem Theater ist die Haltestelle.

Lara : Vielen Dank!

Lara : 您好！慕尼黑工業大學在哪裡？

Passant : 您好！慕尼黑大學是在 Arcisstraβe 街上，非常遠！

Lara : 我們怎樣去那裡呢？

Passant : 你們必須乘地鐵。你們看見前面那個建築物了嗎？那是一間圖書館。然後你們向左走，一直走。那兒是 Nikolausstraβe 的地鐵站。從那兒你們乘坐 2 號線到 Lapanplatz ，然後在 Lapanplatz 轉乘 5 號線往 Paulskrankenhaus (方向去)。在 Post 站下車。然後慕尼黑大學就不是很遠了。

Lara : 謝謝，再見！

Passant　：不用謝，再見！

Lara　：Tom ，我還是不明白。

Tom　：我也不認識這些街道。

Lara　：我有一個主意。我們去服務台，拿一本地圖……對不起，您能給我一本城市地圖嗎？

Schalterbeamte　：好的，給你！

Lara　：這是一本城市地圖，請看一下！ 我們現在在哪裡？我們不是在 Karlstraβe 街嗎？

Tom　：是的，我們是在 Karlstraβe。車站在哪裡？我們必須乘坐 345 路公共汽車到 Nardolstraβe 街下車。再問一下路人！

Lara　：你好！ 請問 Karlstraβe 車站在哪裡？

Passant　：一直走，然後向右走，在劇院後面就是車站。

Lara　：非常感謝！

詞彙 Wortschatz

der Weg -e	道路	kennen	認識／熟悉
die TU München	慕尼黑工科大學	fragen	問
die U -Bahn -en	地鐵	ziemlich	相當的
das Gebäude -	建築物	dorthin	到那裡去
die Bibliothek -en	圖書館	dort	那兒
die Haltestelle -n	車站	vorn(e)	在前面
die Linie -n	路線	links	在左邊

das Krankenhaus Krankenhäuser	醫院	immer	一直
die Station -en	車站	geradeaus	筆直的
die Post	郵局	da	那兒
die Idee -n	想法	rechts	在右邊
die Information -en	服務台	weit	遠的
der Stadtplan -pläne	城市地圖	mit	乘……
der Bus -se	公共汽車	bis zu	一直到……
der Passant -en	行人	von	從……起
das Theater -	劇院	hinter	在……之後
aussteigen	下車	nicht mehr	不再

語法 Grammatik

1. ja, nein, doch 的用法

對疑問句進行肯定或否定時用副詞 ja 或 nein；如果疑問句中有否定詞 nicht 或 kein 時，則用 nein 或 doch。肯定回答用 nein，否定回答則用 doch。

例：(1) Kommen Sie aus China? 您中國來的嗎？
Ja, ich komme aus China. 是的，我中國來的。
(2) Kommen Sie aus China? 您中國來的嗎？
Nein, ich komme nicht aus China. 不，我不是中國來的。
(3) Kommen Sie nicht aus China? 您不是中國來的嗎？
Doch, ich komme aus China. 我可是中國來的。
(4) Kommen Sie nicht aus China? 您不是中國來的嗎？
Nein, ich komme nicht aus China. 不，我不是中國來的。

(5) Haben Sie keinen Kugelschreiber? 您沒有原子筆？
Doch, ich habe viele. 我可有很多。
(5) Haben Sie keinen Kugelschreiber? 您沒有原子筆？
Nein, ich habe keinen Kugelschreiber. 不，我沒有原子筆。

2. 正語序和反語序

主語在前，謂語在後的語序是正語序；相反，謂語在前，主語在後的語序是反語序。

陳述句可以用正語序，也可以用反語序。

疑問句和命令句用反語序。

	正語序	反語序
陳述句		(1) Morgen lernen wir Deutsch. (2) Deutsch lernen wir morgen.
疑問句	Ich lerne morgen Deutsch.	(1) Wann lernen Sie Deutsch? (2) Was lernen Sie morgen?
命令句		Lernen Sie morgen Deutsch? Lernen Sie morgen bitte Deutsch!

3. 定冠詞、不定冠詞和物主代詞的第三格

Singular（單數）	maskulin（陽性）	feminin（陰性）	neutral（中性）	Plural（複數）
Dativ	dem Beruf	der Frau	dem Buch	den +名詞複數 + n (單詞末尾是 n 及 s 時，不加 n)
	einem Beruf	einer Frau	einem Buch	名詞複數 + n
	meinem Beruf	meiner Frau	meinem Buch	meinen + 名詞複數+ n

4. 支配第三格的介詞 mit，以及表示地點說明語的介詞 zu，nach，von

(1) mit

a. 通過某種工具或方法，表示行為方式。

例：Ich fahre mit dem Bus. 我搭公車去。

Ich schreibe gern mit dem Kugelschreiber. 我喜歡用原子筆寫字。

b. “與某人……一起。” 表示狀態。

例：Ich spiele mit Lara Fuβball. 我和 Lara 一起踢球。

c. 帶有……

例：Ich habe ein Buch mit Bildern. 我有一本附帶圖片的書。

(2) zu 表示方向、目的（→〇）（只加第三格）

例：Ich gehe zur Schule. 我去學校。

Ich gehe zu meiner Schwester. 我去我姊妹那裏。

(3) nach（→〇）不帶冠詞的地點說明語（只加第三格）

a. 表示大洲、國家、城市和方向等。

例：Wir fliegen nach Italien. 我們坐飛機去義大利。

b. 修飾副詞。

例：Dann geht ihr nach links. 然後你們往左。

c. 固定詞組。

例：Ich gehe jetzt nach Hause. 我現在要回家了。

(4) von（〇→）（只加第三格）

a. 表示出發點，來源，“從……來”。

例：Von hier nach München braucht man 5 Stunden.

從這兒去慕尼黑需要 5 小時。

Ich bekomme ein Buch von Tom. 我從Tom那裏得到一本書。

b. 表示從屬關係。

例：Das ist die Schwester von Lara. 這（那）是 Lara 的妹妹。

5. fahren 和 nehmen 互相替換

因為 fahren 是不及物動詞，不能直接加賓語，所以加介詞加賓語。因為 nehmen 是及物動詞，能直接加賓語，所以不需要介詞。

Ihr müsst mit der U-Bahn fahren.	Ihr müsst die U-Bahn nehmen.
Wir müssen den Bus 345 bis zur Haltestelle Nardolstraβe nehmen.	Wir müssen mit dem Bus 345 bis zur Haltestelle Nardolstraβe fahren.

6. 超過 100 的數字

100	（ein）hundert
101	（ein）hunderteins
102	（ein）hundertzwei
178	（ein）hundertachtundsiebzig
200	zweihundert
1000	（ein）tausend
1001	（ein）tausendeins
1100	（ein）tausendeinhundert
1256	（ein）tausendzweihundertsechsundfünzig
9,000	neuntausend
10,000	zehntausend
100,000	hunderttausend
1,000,000	eine Million
3,000,000	drei Millionen
5,000,000,000	fünf Milliarden

練習 Übungen

(一) 課文理解

❶ Wo ist die TU München?

❷ Wie können Lara und Tom zur TU München gehen?

❸ Wisst ihr schon den Weg zur TU München?

❹ Hat Tom keine gute Idee?

❺ Wo ist die Haltestelle Karlstraβe?

(二) 寫出下列數字和時間

數字：

183 ________________ 999 ________________

765 ________________ 643 ________________

265 ________________ 807 ________________

1099 ________________________________

1200 ________________________________

1769 ________________________________

1691 ________________________________

10024673 ____________________________

18390043 ____________________________

時間：

6.56 ________________ 22.23 ________________

13.45 ________________ 17.09 ________________

16.34 ________________ 19.15 ________________

㈢ 請您提問

❶ ________________? Ja, mein Mann ist jetzt zu Hause.

❷ ________________? Sie gehen jetzt ins Theater.

❸ ________________? Nein, ich fahre nicht morgen nach London.

❹ ________________? Sie holen hier die Karten.

❺ ________________? Doch, er spricht Englisch.

❻ ________________? Sie warten hier nur eine Stunde.

❼ ________________? Nein, ich habe heute Abend keine Zeit（時間）.

❽ ________________? Die Stadt ist sehr schön.

㈣ 重組並寫出格的變位

der Lehrer	lernen	die Wörter（單詞）	mit	die Lehrerin
Herr Hans	erkläret（解釋）	die Grammatik	mit	die Klasse
die Kinder	fahren	ins Kino	an	ihre Eltern
die Schüler	lesen	Bücher	von	ein Auto
der Student	gehen	nach Hamburg	in	die Universität

❶ ____

❷ ____

❸ ____

❹ ______________________________

❺ ______________________________

㈤ 翻譯

❶ 對不起，請問郵局在哪裡？
您可以一直走，然後向右轉。

____
____
____

❷ 請問，我必須乘地鐵 2 號線過去嗎？
不，您還可以乘 468 路公共汽車過去。

____
____
____

❸ 乘車過去需要多長時間呢？
一個小時。

____
____
____

❹ 我們到了嗎， Tom？請看一下地圖，我們在哪裡了？
好的，等一下。

____
____
____

❺ 看那個建築物，那就是醫院。你們要往左轉。

德國人的性格

德國人講求踏實，凡事都從誠實可靠著手，拿他們的房屋建築為例，雖然在樣式上並不美觀，但樸實無華，整齊大方。每一種材料，如玻璃、鎖、鉸鏈、按鈕、開關、燈罩、窗簾、衣架等，縱然是極微末的，也都堅牢穩固，毫不馬虎。在德國，任何一座建築、一件家具、一項設備，似乎都為百年大計打算。因戰爭而破壞的東西，修復的時候都要恢復原樣，這並不是守舊，而是表示德國的東西堅牢可靠、不易損壞。

Lektion 6 第六課 Im Hotel 在旅館

重要句子 Wichtige Sätze

10-01

•	Gehen wir zum Hotel!	我們去旅館吧！
•	Wie viel kostet es?	這費用多少？
•	Ist das Frühstück im Preis enthalten?	早餐包括在價格裡了嗎？
•	Ich habe noch eine Bitte. Ja?	我還有個請求。什麼事？
•	Sie sind sehr nett!	您真好！

課文 Text

10-02

Lara : Wie spät ist es?

Tom : Es ist 20.00 Uhr.

Lara : Es ist zu spät. Gehen wir zum Hotel!

Tom : Hast du zwei Zimmer reserviert?

Lara : Ja, ich habe schon reserviert.

......Wir steigen aus dem Bus aus und gehen ins Hotel. Eine Rezeptionistin an der Rezeption begrüßt uns freundlich.

Rezeptionistin : Kann ich Ihnen helfen?

Lara : Ja, ich habe bei Ihnen zwei Zimmer reserviert.

Rezeptionistin : Wie heißen Sie, bitte?

Lara : Lara.

Rezeptionistin : Zeigen Sie mir bitte Ihren Pass.

Lara : Moment, hier bitte.

Rezeptionistin : Das stimmt. Wollen Sie zwei Einzelzimmer?

Lara : Ja, wie viel kostet es?

Rezeptionistin : Eine Person eine Nacht kostet 58 Euro. Zwei Personen eine Nacht kostet insgesamt 116 Euro.

Lara : Ist das Frühstück im Preis enthalten?

Rezeptionistin : Ja, morgen von sieben bis neun Uhr können Sie im Restaurant frühstücken. Wie lange wollen Sie hier bleiben?

Lara : Zwei Tage.

Rezeptionistin : Unterschreiben Sie hier bitte! Hier sind Ihre Schlüssel. Die Zimmernummern sind 310, 312.

Lara : Danke! Ich habe noch eine Bitte.

Rezeptionistin : Ja?

Lara : Können Sie uns morgen um 6.30 Uhr wecken?

Rezeptionistin : Ja, selbstverständlich!

Lara : Sie sind sehr nett.

Lara : 幾點了？

Tom : 晚上八點了。

Lara : 太晚了，我們去旅館吧！

Tom : 你有沒有訂兩間房間？

Lara : 是的，我已經訂了。

……我們下了車並且去了旅館。在接待處的一位女服務生友好地問候我們。

Rezeptionistin : 我能幫助您嗎？

Lara : 好的，我在您這兒訂了兩間房間。

Rezeptionistin：您叫什麼名字？
Lara：Lara。
Rezeptionistin：請出示您的護照。
Lara：等一下，這兒，給你。
Rezeptionistin：符合。您要兩間單人房嗎？
Lara：是的，多少錢？
Rezeptionistin：一個人一個晚上 58 歐元。
兩個人一共 116 歐元。
Lara：早餐包含在價格裡嗎？
Rezeptionistin：是的，早上從 7 點到 9 點您能在餐廳吃早餐。您要在這兒待多久時間？
Lara：兩天。
Rezeptionistin：請您在這兒簽名！這是您的鑰匙。房間號碼是 310，312 。
Lara：謝謝！我還有一個請求。
Rezeptionistin：請說。
Lara：您能在早上 6 點 30 分叫醒我們嗎？
Rezeptionistin：當然可以！
Lara：您真好！

詞彙 Wortschatz

10-03

das Hotel -s	旅館	helfen（+ Dat）	幫助
das Zimmer -	房間	reservieren	預定
die Rezeptionistin -nen	女接待員	zeigen	出示
die Rezeption -en	接待處	stimmen	對/相符
der Pass, Pässe	護照	kosten	花費
der Moment -e	一會兒	frühstücken	吃早飯
das Einzelzimmer -	單人房	unterschreiben	簽名
die Person -en	人	aufwecken	喚起，叫醒
das Frühstück -e	早餐	freundlich	友好的
der Preis -e	價格	enthalten	包括
das Restaurant -s	餐廳	nett	和藹可親的
der Schlüssel -	鑰匙	insgesamt	總計
die Zimmernummer -n	房間號碼	selbstverständlich	當然，自然
die Bitte -n	請求	von......bis	從……到
begrüßen	問候		

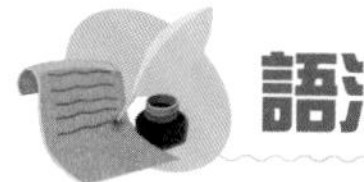

語法 Grammatik

1. 時間的詢問和回答

Wie spät ist es? 現在幾點？ Wie viel Uhr ist es? 現在幾點？	Es ist sechs vor sieben（6: 54）. 六點五十四分。 Sechs vor sieben（6: 54）. 六點五十四分。 Ich weiβ nicht. 我不知道。 Ich habe keine Uhr. 我沒有錶。 Meine Uhr läuft nicht. 我的錶停了。
Um wie viel Uhr ist es? 在幾點鐘？	Es ist um neun Uhr. 在九點鐘。

Wann ist es? 什麼時候？	Um neun Uhr. 在九點鐘。
Von wann bis wann kann ich hier frühstücken? 從幾點到幾點我能在這裡吃早餐？	Morgens von sieben bis neun Uhr können Sie hier frühstücken. 早上從七點到九點您能在這裡吃早餐。

2. helfen 和 passen 的用法(＋D)

主語	謂語	補足語
Der Lehrer	hilft	den Studenten.
Die Kleidung	passt	mir.

3. 人稱代詞的第三格和第四格

Nominativ	ich	du	er	sie	es	wir	ihr	Sie/sie
Dativ	mir	dir	ihm	ihr	ihm	uns	euch	Ihnen/ihnen
Akkusativ	mich	dich	ihn	sie	es	uns	euch	Sie/sie

例：Ich helfe dir.

Verstehst du mich?

4. 物主代詞的第三格

	mein	dein	sein	ihr	sein	unser	euer	Ihr	ihr
m	meinem	deinem	seinem	ihrem	seinem	unserem	eurem	Ihrem	ihrem
f	meiner	deiner	seiner	ihrer	seiner	unserer	eurer	Ihrer	ihrer
n	meinem	deinem	seinem	ihrem	seinem	unserem	euerem	Ihrem	ihrem
pl	meinen +名詞 複數+n	deinen +名詞 複數+n	seinen +名詞 複數+n	ihren +名詞 複數+n	seinen +名詞 複數+n	unseren +名詞 複數+n	euren +名詞 複數+n	Ihren +名詞 複數+n	ihren +名詞 複數+n

例：Der Anzug passt meinem Bruder. 這件西裝適合我兄弟穿。

Ich bekomme ein Buch von deiner Schwester.

我從你姐妹那裏拿到一本書。

Sie fährt mit euren Freunden nach Frankfurt.

她和你們的朋友到法蘭克福去。

第三格名詞詞尾

(1) 陽性弱變化名詞在第三格時加 -n 或 -en。

der Student ➡ dem Studenten

(2) 名詞複數形式不是以“n”為詞尾，在第三格時加 -n。

der Herr ➡ dem Herrn

die Kinder ➡ den kindern

die Väter ➡ den Vätern

(3) 部分單音節的中性和陽性名詞在第三格時，可加詞尾 -e。

zu Hause (zu Haus)

nach Hause (nach Haus)

(4) 名詞複數詞尾已有 -n 或 -s，則不必再加 -n。

die Frauen ➡ den Frauen

die Kinos ➡ dem Kinos

5. 德國貨幣以及價格的詢問

(1) 德國貨幣（die deutsche Währung）

1 Euro = 100 Cent

0.05 Euro = fünf Cent

0.56 Euro = sechsundfünfzig Cent

5.67 Euro = fünf Euro siebenundsechzig Cent

(2) 幾種詢問價格的表達方式

Wie viel kostet der Kugelschreiber? 這（那）支原子筆多少錢？

Wie teuer ist der Kugelschreiber? 這（那）支原子筆多貴？

Was kostet der Kugelschreiber? 這（那）支原子筆多少錢？

Was macht das ？ 這（那）多少錢？

6. 介詞 bei, in, an, aus

- bei+（Dat.）

(a) 在……某處，在……地方（表示地點）

例：Er ist beim Arzt（醫生）. 他在醫生那裏。

Er ist jetzt bei seiner Schwester. 他現在在她姊妹那裏。

Er arbeitet bei Siemens. 他在西門子工作。

(b) 在……附近（表示地點）

例：Ich wohne bei Berlin. 我住在柏林附近。

(c) 在……時，在……過程中（表示時間）

例：Sie spricht gern beim Essen. 她吃飯時喜歡說話。

Du hilfst mir bei der Arbeit. 你在工作方面幫助我。

- aus+（Dat.）

從……中來 / 來自……地方

Ich komme aus China. 我來自中國。

Ich nehme den Mantel aus dem Koffer. 我把大衣從行李箱拿出。

Wir steigen aus dem Bus aus. 我們從公車下車。

- in+（Dat. 或 Akk.）

第三格表示地點，第四格表示動態方向。(靜三動四)

在……Wo	去……Wohin
in der Stadt bleiben	in die Stadt fahren
im Zimmer schlafen	ins Zimmer gehen
im Schrank stehen	in den Schrank stellen

- an+（Dat. 或 Akk.）(靜三動四)

緊貼在某物一側 Wo	緊貼到某物一側 Wohin
an der Wand hängen	an die Wand hängen

練習 Übungen

(一) 課文理解

1. Um wie viel Uhr gehen Lara und Tom zum Hotel?
2. Hat Lara nur ein Einzelzimmer reserviert?
3. Hat Lara ihren Pass?
4. Was ist die Bitte von Lara?
5. Von wann bis wann können Lara und Tom im Restaurant frühstücken?

(二) 用 wo，wohin，woher 和介詞填空

1. ________ studiert ihr? ________ Bonn.
2. ________ fahrt ihr? ________ München.
3. ________ kommt ihr? ________ einem Hotel.
4. ________ wohnt ihr? ________ Familie Lauer.
5. ________ wohnt Ihr? In Bonn? Nein, ________ Köln.
6. ________ hast du das Buch? ________ deinem Bruder.

㈢ 介詞練習

例：

❶ Woher kommen Sie? （die Schule）

Ich komme aus der Schule.

(a) mein Zimmer

(b) Kino

(c) Kaufhaus

(d) Krankenhaus

❷ Wohin gehen Sie jetzt? （Sie/das Essen）

Ich gehe zum Essen.

(a) Peter/Schule

(b) die Kinder/ihre Eltern

(c) wir/Frau Lauer

(d)Leo/seine Freunde

❸ Wo sind Sie heute Abend? （mein Freund）

Bei meinem Freund.

(a) Wo wohnt Richard? （Familie Krüger）

(b) Wo ist Erika? （ihre Schwester）

㈣ 請您用代詞回答

例：Kommen Sie von Herrn Meier? Ja, ich komme von ihm.

❶ Kommen Sie vom Arzt?

____

❷ Kommen Sie von Frau Schulz?

____

❸ Kommen Sie von Ihren Eltern?

____

❹ Kommen Sie von Ihrem Lehrer?

____

❺ Kommen Sie von Ihrer Schwester?

____

㈤ 請您用人稱代詞填空

❶ Ich kann diese Übung nicht machen.

Kannst ________ ________ helfen?

❷ Er spricht Deutsch. Ich kann ________ nicht verstehen.

❸ Wie geht es ________?

Nicht so gut. Und ________?

Auch nicht. Und wie geht es deinem Mann?

Es geht, danke!

❹ Morgen ist bei uns eine Feier（慶祝）. Könnt ________ kommen?

Morgen passt es ________ leider nicht.

Wir besuchen ________ später.

❺ ________ trinken den Wein nicht. Möchtet ________ Tee?

❻ Kannst ________ morgen die Bücher holen?

________ brauche ________ heute noch.

㈥ 翻譯

❶ 我想預訂一個附有浴室的單人房。

❷ Lara 是個學生，她常常幫助父母。

❸ 你幾點吃早餐？

❹ 我要幾點叫醒你？7 點。

❺ 我從漢堡來，到柏林去。

德國人的婚禮

莊重喜慶的氣氛中，身著畢挺禮服的新郎和身披白色婚紗的新娘手挽手，在男女儐相護送下，進入婚禮現場，賓客們向新婚夫婦表示祝賀，新郎新娘一一向客人表示謝意。突然間，“叮叮噹噹”的砸盤、摔碗的聲音響起，而且接連不斷，持續很長時間，猶如中國春節除夕之夜的鞭炮聲一樣。原來，按照當地傳統習俗，新婚之前要舉行辭舊迎新的儀式。應邀前來參加婚禮的客人們，每人都帶著幾樣破碗、破碟、破盤、破瓶之類的物品。儀式上，人們競相摔盤砸瓶，此起彼落，響聲不息。客人們帶來的破爛物品被摔得滿地，新娘的父母笑嘻嘻地將這些碎片破紙掃成一堆，裝進一只破舊的鐵皮箱裡，在院子中央點燃，眾人圍著唱歌跳舞，歡呼雀躍。

中國人的傳統觀念中，喜慶的日子裡是忌諱打破東西，德國人的傳統觀念恰好與此相反。他們認為玩命地猛砸猛摔一通，可以幫助新婚夫婦除去昔日的煩惱、迎來甜蜜的開端，在漫長的生活道路上，夫妻倆能夠始終保持火熱的愛情、終身形影相伴、白頭偕老。更為有趣的是，新婚夫婦不能享受靜謐的初婚之夜，而是精神高度集中，密切注視四周的動靜。左鄰右舍總有人隔一會摔碎一件瓷器，新婚夫婦聽到後，必須立刻砸碎一件物品響應。彷彿對方砸一件物品是對他們恭喜祝賀，他們砸一件物品則是表示感謝。

Lektion 7 第七課

Einkaufen 購物

重要句子 Wichtige Sätze

11-01

•	Was wünschen Sie?	您需要什麼？
•	Welche Größe haben Sie denn?	您穿什麼尺寸？
•	Keine Ahnung.	不知道。
•	Ziehen Sie doch bitte mal einen an!	請您穿一件試試。
•	Sonst noch was?	還需要什麼嗎？

課文 Text

Tom : Was hast du heute vor?

Lara : Am Vormittag möchte ich etwas kaufen, und am Nachmittag die TU München besuchen.

Tom : Ich möchte auch etwas kaufen.

Im Kaufhaus

Verkäuferin : Was wünschen Sie?

Lara : Ich möchte einen Mantel kaufen.

Verkäuferin : Welche Farbe gefällt Ihnen?

Lara : Pink, rot, blau. Oh, da. Dieser Mantel gefällt mir.

Tom : Welcher? Dieser hier?
Lara : Nein, neben dem Pullover.
Tom : Ja, wirklich super.
Lara : Diesen möchte ich mal anprobieren.
Verkäuferin : Welche Größe haben Sie denn?
Lara : Keine Ahnung.
Verkäuferin : Ziehen Sie doch bitte mal einen an!
Lara : Wie findest du ihn, Tom?
Tom : Schön und ganz modern.
Verkäuferin : Der passt ja ausgezeichnet.
Lara : Was kostet der?
Verkäuferin : Der Originalpreis ist 88 Euro. Wir haben jetzt 10% Nachlass. Das macht 79,20 Euro.
Tom : Das ist nicht teuer. In Bremen kostet so ein Mantel 90 Euro.
Lara : Den nehme ich. Hier sind 100 Euro.
Verkäuferin : Haben Sie Kleingeld?
Lara : Nein.
Verkäuferin : 20,80 Euro zurück. Sonst noch was? Die Hose ist auch schön.
Lara und Tom : Nein, danke.

Tom : 你今天有什麼計畫嗎？
Lara : 早上我想買一些東西，下午我想參觀一下慕尼黑工業大學。
Tom : 我也想買一些東西。

在百貨公司

Verkäuferin : 您想要買什麼？
Lara : 我想買一件大衣。

Verkäuferin：您喜歡什麼顏色？
Lara：粉紅色，紅色，藍色。哦，在那兒。我喜歡這件大衣。
Tom：哪件？這兒這件嗎？
Lara：不，在毛衣旁邊那件。
Tom：是的，這件非常好。
Lara：我想試穿一下。
Verkäuferin：您穿多大的？
Lara：不知道。
Verkäuferin：請您穿一件試試！
Lara：你認為怎麼樣，Tom？
Tom：非常漂亮並且很時尚。
Verkäuferin：這件非常適合您。
Lara：這件多少錢？
Verkäuferin：原價是 88 歐元。我們現在打九折。一共 79.2 歐元。
Tom：這不是很貴。在 Bremen 買一件大衣要 90 歐元。
Lara：我要這件。這是 100 歐元。
Verkäuferin：您有零錢嗎？
Lara：沒有。
Verkäuferin：找給您 20.8 歐元。還需要些什麼？這條褲子也很漂亮。
Lara und Tom：不，謝謝。

詞彙 Wortschatz

11-03

das Kaufhaus -häuser	百貨公司	gefallen（+Dat）	喜歡
der Mantel Mäntel	大衣	anprobieren	試穿
die Farbe -n	顏色	anziehen	穿上
der Pullover -	毛線衣	finden	認為
die Größe -n	尺碼	super	超棒的
die Ahnung -en	概念	modern	現代的
der Nachlass -lässe	減價	ausgezeichnet	極好的
die Hose -n	褲子	original	原本的
vorhaben	計畫	klein	小的
einkaufen	採購	etwas	一些東西（代詞）
kaufen	買	wirklich	確確實實
besuchen	參觀	ganz	十分的
wünschen	希望	sonst	此外

語法 Grammatik

1. 時間

der Morgen	am Morgen	heute Morgen = heute früh
	morgens	只有 morgen früh
der Vormittag	am Vormittag	heute Vormittag
	vormittags	morgen Vormittag
der Mittag	am Mittag	heute Mittag
	mittags	morgen Mittag

der Nachmittag	am Nachmittag	heute Nachmittag
	nachmittags	morgen Nachmittag
der Abend	am Abend	heute Abend
	abends	morgen Abend
die Nacht	in der Nacht	heute Nacht
	nachts	morgen Nacht

註解

am Morgen、am Vormittag......
大多表示一次性的時間。
morgens、vormittags......
大多表示多次重複，但如與鐘點連用，則表示一次性時間。
例：Ich gehe um 7.00 abends.

2. 表示時間的介詞（an, in, vor, nach）

(1) an+Dat.

Tag: Am Vormittag habe ich Unterricht（課）.

In der Nacht komme ich in Bonn an. (見上) (an dem＝am)

Woche: Am Sonntag（在星期天）fahren wir nach Spanien. An diesem Tag habe ich keine Zeit.

am Montag	在星期一	am Dienstag	在星期二
am Mittwoch	在星期三	am Donnerstag	在星期四
am Freitag	在星期五	am Samstag（Sonnabend）	在星期六
am Sonntag	在星期日		

(2) in+Dat.

Monat: In diesem Monat sind wir in China.

Im Juli können wir schwimmen.

Jahreszeit: Im Herbst gibt es viel Obst（水果）.

Im Sommer gehen wir oft schwimmen.

in dem = im　　an dem = am

季節	月份	
im Frühling 春天	im Januar 1 月	im Juli 7 月
im Sommer 夏天	im Februar 2 月	im August 8 月
im Herbst 秋天	im März 3 月	im September 9 月
im Winter 冬天	im April 4 月	im Oktober 10 月
	im Mai 5 月	im November 11 月
	im Juni 6 月	im Dezember 12 月

(3) vor + Dat.

a. 幾點差幾分

Viertel vor neun

10 vor 10

b. 在……以前

vor einer Minute	vor ein paar Minuten
vor einer Stunde	vor 2 Stunden
vor einem Tag	vor 3 Tagen
vor einer Woche	vor 4 Wochen
vor einem Monat	vor 5 Monaten

vor einem Jahr	vor 6 Jahren

vor dem Unterricht

vor dem Essen

(4) nach+Dat

a. 幾點過幾分

Viertel nach neun

10 nach 10

b. 在……以後

nach dem Unterricht

nach dem Essen

3. 句子的成分

句子成分可分為：主語、謂語、賓語、狀語、補語和定語。其中主語和謂語為句子的主要成分，其他為次要成分。

(1) 主語第一格名詞和代詞

Tom lernt Deutsch. （Wer）lernt Deutsch?

Der Mantel ist schön. （Was）ist schön?

Er kommt nicht. （Wer）kommt nicht?

(2) 謂語

a. 動詞謂語

Ich studiere. （Was machen）Sie?

b. sein 加表語：表語可以是第一格名詞或代詞，也可以是形容詞或介詞詞組等。動詞 sein＋第一格名詞作表語。sein＋形容詞/副詞/介詞詞組作動詞 sein 的補足語。

Das ist Leo. （Wer）ist das?

Sie ist Lehrerin.	（Was）ist sie?
Ja, das ist er.	Ist das（Leo）?
Sie ist 45.	（Wie alt）ist sie?
Ich bin in Shanghai.	（Wo）bist du?

⑶ 賓語是一個行為所及的人或物

Ich habe ein Buch.	（Was）haben Sie?
Ich frage dich.	（Wen）fragst du?

4. 狀語修飾謂語，說明動詞發生的時間、地點、方式等

狀語一般是副詞或介詞詞組：

Ich habe heute Unterricht.	（Wann）hast du Unterricht?
Er wohnt in Bonn.	（Wo）wohnt er?
Er arbeitet sehr fleiβig.	（Wie）arbeitet er?
Ich komme aus England.	（Woher）kommst du?
Ich gehe ins Zimmer.	（Wohin）gehst du?

練習 Übungen

(一) 課文理解

❶ Welchen Mantel möchte Lara kaufen?

❷ Welche Farbe gefällt Lara?

❸ Ist der Mantel nicht sehr teuer?

❹ Ist der Mantel zu groβ für Lara?

❺ Was ist der Originalpreis?

(二) 填疑問詞

❶ ________	ist es jetzt?	5 vor 12.
❷ ________	studieren Sie?	In Beijing.
❸ ________	kommt ihr denn?	Am Samstag.
❹ ________	kommt ihr denn?	Aus Shanghai.
❺ ________	ist Leo?	Da vorn.
❻ ________	dauert die Arbeit?	Bis halb sieben.
❼ ________	arbeiten Sie am Nachmittag?	Zu Hause. （在家）
❽ ________	fährst du?	Nach Hause.
❾ ________	ist das Hotel?	Da hinten.
❿ ________	bleibt ihr hier?	Zwei Tage.

㈢ 介詞填空

❶ Können wir heute noch über unsere Arbeit sprechen?

Ja, ________ dem Unterricht haben wir Zeit.

❷ Wie fühlst（感覺）du dich jetzt?

Schon besser. Ich glaube, ________ 2 Tagen bin ich wieder gesund（健康）.

❸ Wann kommst du zurück?

________ 12 Uhr ________ der Nacht.

❹ Wann kommt der Zug Nr. 22 aus Shanghai in Peking an?

________ 20 Minuten.

❺ Wann besuchst du deine Groβmutter?

________ Samstag.

❻ Kennst du meinen Freund Tom?

Ja, ________ einem Monat habe ich ihn kennengelernt.

㈣ 選擇

Wann ist es warm?（溫暖的）

Wann ist es kalt? （冷的）

Wann ist es kühl? （涼爽的）

Wann beginnt der Sommer?

Wann beginnt der Frühling?

Wann beginnt der Winter?

Wann beginnt der Herbst?

(A) Im Herbst.

(B) Im März.

(C) Im Frühling.

(D) Im Winter.

(E) Im Sommer.

(F) Im September.

(G) Im Juni.

(H) Im Dezember.

㈤ 翻譯

❶ 星期六你有什麼安排嗎？我想去打籃球。

❷ 一個星期以後他們要去柏林。

❸ 北京的春天天氣不好，而秋天天氣是很好的。夏天不太熱，但常下雨。

❹ 這條褲子太小了。不適合你。

❺ 這件大衣的價格不是很貴，穿在身上也非常時尚。

德國的交際禮儀

初次相識

德國人之間初次見面，如果需要第三者的介紹，作為介紹人要注意：不能不論男女長幼、地位高低而隨便把一個人介紹給另一個人，一般的習慣是從長者和女士開始。向年長者引見年輕人，向女士引見男士，向地位高的人引見地位低的人。雙方握手時，要友好地注視對方，以表示尊重對方，如果這時把眼光移向別處，東張西望，是很不禮貌的行為。

Lektion 8 第八課
Auf der Bank 去銀行

重要句子 Wichtige Sätze

12-01

•	in der Nähe	在附近
•	Ich habe auch kein Geld mehr.	我也沒有錢了。
•	Er ist im Augenblick bei 1,07.	現在的匯率是 1.07。
•	Geben Sie mir bitte auch etwas Kleingeld.	請您給我一些零錢。
•	Ich möchte 500 Euro von meinem Konto abheben. 我想從我的帳戶中取出 500 歐元。	

課文 Text

12-02

Tom : Ich will zur Buchhandlung gehen und Bücher kaufen. Aber ich habe nur Pfund dabei.

Lara : Ich habe auch kein Geld mehr. Ich will auch auf die Bank gehen.

Tom : Wo gibt es eine Bank in der Nähe?

Lara : Ich weiβ nicht. Hast du deinen Pass dabei?

Tom : Ja, natürlich. Und hast du dein Sparbuch und deinen Ausweis dabei?

Lara : Ja.

Tom : Oh, schau mal da! Die Deutsche Bank.

Wir gehen auf die Bank und stehen an einem Kassenschalter.

Der Bankangestellte bedient uns.

Tom : Hallo, ich möchte Geld wechseln.

Bankangestellte : Kein Problem. Was wollen Sie denn wechseln?

Tom : Ich habe Pfund und möchte in Euro wechseln. Wie ist der Wechselkurs von Pfund?

Bankangestellte : Er ist im Augenblick bei 1:1,07. Wie viel Geld wollen Sie wechseln?

Tom : 500 Pfund.

Bankangestellte : Haben Sie Ihren Pass dabei?

Tom : Ja, hier. Geben Sie mir bitte auch etwas Kleingeld.

Bankangestellte : Kein Problem.

Lara : Kann ich bei Ihnen Geld abheben?

Bankangestellte : Ja.

Lara : Ich möchte 500 Euro von meinem Konto abheben.

Bankangestellte : Ihren Ausweis, bitte!

Lara : Ja, bitte.

Bankangestellte : 500 Euro für Sie.

Tom : 我要去書局買書。但我身上只有英鎊了。

Lara : 我也沒有錢了。我也要去銀行。

Tom : 在這附近哪兒有銀行？

Lara : 我不知道。你身上有沒有帶護照？

Tom : 當然。你有沒有存摺和證件？

Lara : 有。

Tom : 哦，看那兒！ 德意志銀行。

我們去銀行，站在銀行櫃台旁。銀行職員為我們服務。

Tom : 你好，我想換錢。

Bankangestellte : 沒問題。您要換什麼？

Tom : 我有英鎊，想換成歐元。英鎊的匯率是多少？

Bankangestellte : 現在是 1:1.07。您要換多少錢？

Tom : 500 英鎊。

Bankangestellte : 您有沒有帶證件？

Tom : 有的，這兒。請給我一些零錢。

Bankangestellte : 沒問題。

Lara : 我想領錢？

Bankangestellte : 好。

Lara : 我想從我的帳戶取出500歐元。

Bankangestellte : 請出示證件。

Lara : 好的。

Bankangestellte : 這是您要的500歐元。

詞彙 Wortschatz

12-03

die Buchhandlung -en	書局	das Kleingeld	零錢
das Pfund	英鎊	das Konto -ten	戶頭
die Nähe	附近	stehen	站
das Sparbuch -bücher	銀行儲蓄存摺	bedienen	服務
der Ausweis -e	證件	wechseln	換
der Kassenschalter -	銀行櫃台	abheben	取
der Bankangestellte -n	銀行職員	etwas	一些

das Problem -e	問題	aber	但是
der Wechselkurs -e	匯率	für（+Akk）	給，為

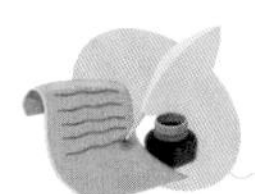

語法 Grammatik

1. 介詞 in，auf，an，unter，über，vor，hinter，neben，zwischen 支配第三格和第四格

(1) in

a. 第四格到……裡去，指運動方向，用 wohin 提問。

例：Ich fahre in die Stadt.

Ich gehe ins Zimmer.

b. 第三格在……裡，指地點，用 wo 提問。

例：Ich bin im Zimmer. im = in + dem

Ich arbeite im Zimmer.

(2) auf

a. 第四格到……上（與某物緊貼著的）指運動方向，用 wohin 提問。

例：Ich lege den Kugelschreiber auf den Tisch. 我把原子筆放在桌子上。

Wir gehen auf die Bank. 我們去銀行。

b. 第三格在……上，指地點，wo 提問。

例：Der Kugelschreiber liegt auf dem Tisch. 這支原子筆放在桌子上。

Wir sind auf der Bank.

(3) an

a. 第四格緊貼到某物一側，意為“到……旁去”，指運動方向，用 wohin 提問。

例：Ich hänge das Bild an die Wand. 我把這幅畫掛在牆上。

Ich gehe an den Kassenschalter.

b. 第三格緊貼著某物，指地點，意為“緊靠在……旁”，用 wo 提問。

例：Das Bild hängt an der Wand. 這幅畫掛在牆上。

Ich stehe an einem Kassenschalter. 我站在一個銀行櫃台旁。

(4) unter

a. 第四格到……下面、下方，指運動方向，用 wohin 提問。

例：Die Katze läuft unter das Bett. 這隻貓跑到床底下去了。

b. 第三格在……下面、下方，指地點，用 wo 提問。

例：Die Katze ist unter dem Bett. 這隻貓在床底下。

(5) hinter

a. 第四格到……後面，指運動方向，用 wohin 提問。

例：Er stellt das Auto hinter das Haus. 他把汽車停在房子後面。

b. 第三格在……後面，指地點，用 wo 提問。

例：Das Auto steht hinter dem Haus. 這汽車停在房子後面。

(6) über

a. 第四格到……上方，指運動方向，用 wohin 提問。

例：Der Luftballon schwebt（飄在）über den Tisch. 汽球飄在桌子上方。

b. 第三格在……上方，指地點，用 wo 提問。

例：Der Luftballon ist über dem Tisch. 汽球是在桌子上方。

(7) vor

a. 第四格到……前面，指運動方向，用 wohin 提問。

例：Der Wagen fährt vor das Haus. 車子開到房子前。

b. 第三格在……前面，指地點，用 wo 提問。

例：Der Wagen steht vor dem Haus. 車子停在房子前。

(8) neben

a. 第四格到……旁邊去，指運動方向，用 wohin 提問。

例：Sie legt die Bücher neben mich. 她把書放在我旁邊。

b. 第三格在……旁邊，指地點，用 wo 提問。

例：Sie steht neben mir. 她站在我身邊。

(9) zwischen

a. 第四格到……兩者之間，指運動方向，用 wohin 提問。

例：Ich stelle den Stuhl zwischen die Tische.我把椅子放在兩張桌子間。

b. 第三格在……兩者之間，指地點，用 wo 提問。

例：Der Stuhl ist zwischen dem Tisch und der Tafel. 椅子位於桌子和黑板間。

注意

zwischen 除表示地點和方向外，還表示時間，意為“在……時間之間”，提問方式用wann。

Wann kommst du heute nach Hause?

Ich komme heute zwischen 17 und 18 Uhr nach Hause.

2. 不易區分的及物動詞和不及物動詞

弱變化的及物動詞	強變化的不及物動詞
hängen 掛 Ich hänge den Mantel in den Schrank.	hängen Der Mantel hängt im Schrank.
legen 平放 Ich lege das Buch auf den Schreibtisch.	liegen Das Buch liegt auf dem Schreibtisch.
stellen 豎放 Ich stelle das Buch ins Regal.	stehen Das Buch steht im Regal.
setzen 做 Sie setzt die Kinder auf die Stühle.	sitzen Die Kinder sitzen auf den Stühlen.
stecken 插 Er steckt den Brief in die Tasche.	stecken Der Brief steckt in der Tasche.

⑴ 及物動詞（帶第四格賓語的動詞）表示某一行為：某人做某事。地點狀語由帶第四格賓語介詞片語構成。對地點狀語提問用 wohin。

⑵ 不及物動詞（不帶第四格賓語的動詞）表示某一行為的結果。地點狀語由帶第三格賓語介詞片語構成。對地點狀語的提問用 wo。

3. 介詞 für

für + Akk 為……

提問人時用 für wen ，提問物時用 wofür

例：— Einen Wein für die Dame. Und für wen ist bitte das Bier?

— Für mich.

— Mama, ich brauche 6 Euro.

— Wofür denn?

— Für ein Buch.

練習 Übungen

(一) 課文理解

❶ Warum gehen Lara und Leo auf die Bank?

❷ Hat Lara keinen Ausweis dabei?

❸ Hebt Tom Geld ab?

❹ Wie viel Geld möchte Lara abheben?

❺ Wie ist der Wechselkurs von Pfund?

(二) 連連看

Ich •	• stellen •	• das Bild an die Wand.
Lara •	• stehst •	• über dem Tisch.
wir •	• liegt •	• den Tisch ans Fenster.
Du •	• hängt •	• den Kugelschreiber unter das Buch.
Die Lampe •	• hänge •	• vor der Tür.
Vor dem Fenseher •	• legt •	• die Tasche.

(三) 轉換句型

❶ Lara stellt das Radio auf den Tisch.

Das Radio ______________________________

❷ Er setzt das Kind neben das Fenster.

Das Kind ______________________________

❸ Wir hängen das Bild zwischen zwei Fenster（窗戶）.

Das Bild ______________________________

❹ Leg den Brief auf den Schreibtisch, bitte!

Der Brief ______________________________

❺ Stell den Stuhl an den Tisch!

Der Stuhl ______________________________

❻ Häng die Lampe über den Esstisch!

Die Lampe ______________________________

❼ Leo setzt seinen Bruder nicht vor den Fernseher.

Sein Bruder ______________________________

❽ Steck das Buch in die Tasche.

Das Buch ______________________________

❾ Das Heft liegt unter dem Stuhl. （Kind）

____

❿ Legt das Heft zwischen die Bücher.

Das Heft ______________________________

㈣ 填寫冠詞，代詞和介詞

A: Was machst du mit ________ Büchern?

B: ________ Regal ist kein Platz mehr.

Ich kaufe vielleicht noch ein Bücherregal.

A: Hast du ________ Zimmer noch Platz ________ ein Regal?

B: Eigentlich nicht. Aber ich kann ________ ja ________ ________ Flur stellen.

A: Oh,... zu spät. Ich will schnell ________ Leo.

Ich muss Kinokarte ________ ________ geben.

B: Wohnt er über ________?

A: Nein, unter ________

㈤ 翻譯

❶ 今天美元的匯率是多少？我想兌換一些錢。

____

____

____

❷ 我在這兒取 3000 英鎊。

對不起，這裡只有歐元和美元。

____

____

____

❸ 請你把電視機放到窗前。

____

____

____

❹ Leo 坐在電腦前看書。

____

____

____

❺ 您能不能兌換一些零錢給我？

德國人的姓名和稱謂

古代德國人只有名而沒姓，姓最早只在特權階層中使用，他們用姓來表示其顯赫的家族，而下層百姓是沒有姓的。12 世紀之後，隨著社會的發展、人口的增長，人與人之間交往的日益頻繁，單一的人名已不能滿足社會的需要。同名的人越來越多，甚至達到了一呼百應的地步。這種狀況不僅給人們的社會交往帶來了麻煩，也給國家的行政管理、社會治安等帶來了諸多不便。在此歷史背景下，姓應運而生。一般百姓在選擇自己的姓時，往往以自己的職業、外貌特徵、感情愛好、季節風景以及喜愛的動物等為選擇的對象。如 Schmieder（鐵匠）、Klein（矮個子）、Berg（山）、Sommer（夏天）、Adler（鷹）等。到 19 世紀時，法律規定人人必須要有姓有名。不過綜觀德國人的姓氏特徵，不難發現普通百姓的姓與貴族出身者的姓還是有區別的。貴族出身的德國人往往在姓之前加一個“馮”（或譯“封”）（von），這是其貴族出身的特殊標誌。如 18 世紀德國大詩人歌德，即為貴族出身，其全名是約翰・沃爾夫岡・馮・歌德。

Lektion 9 第九課

Essen 吃飯

重要句子 Wichtige Sätze

13-01

Ich habe Hunger.	我餓了。
Schmeckt es dir gut?	味道好嗎？
Sehr günstig.	非常實惠。
Ich habe Durst.	我渴了。
Guten Appetit!	祝好胃口！

課文 Text

13-02

Tom : Schon fast halb sieben. Ich habe Hunger. Gehen wir essen?

Lara : Hast du schon mal zu Abend in der Mensa gegessen?

Tom : Ja, ich habe dort schon oft gegessen.

Lara : Schmeckt es dir gut?

Tom : Ja, gut.

Lara : Wie findest du den Preis?

Tom : Sehr günstig.

Lara und Tom gehen in die Mensa.

Lara : Was gibt's denn heute?

Bedienung : Schauen Sie bitte auf die Tafel!

Tom : Es gibt zum Abendessen zwei Menüs. Menü I Schweinesteak mit Kräuterbutter und Pommes frites, Paprika-Mais-Salat, Menü II Fischfilet mit Rahmsauce und Pommes frites, Paprika-Mais-Salat. Ich will Menü I nehmen.

Bedienung : Alles? Es gibt hier noch Gemüsesuppe und Gulasch.

Tom : O.K., ich nehme noch eine Gemüsesuppe.

Tom bezahlt.

Bedienung : Wer ist der Nächste?

Lara : Gibt es hier Getränke? Ich habe Durst.

Bedienung : Ja, wir haben Apfelsaft, Orangensaft, Mineralwasser.

Lara : Ein Glas Apfelsaft und Menü II, bitte.

Lara bezahlt.

Tom : Komm, hier sind noch Plätze frei! Guten Appetit!

Lara : Danke, gleichfalls. Der Fisch ist super. Schmeckt dir das Schweinesteak gut?

Tom : Es geht. Kann ich mal das Salz haben?

Lara : Hier, bitte.

Tom : 已經差不多 6 點 30 分了。我餓了。我們去吃飯吧？

Lara : 你以前在學生餐廳吃過晚餐嗎？

Tom : 是的，我常去那兒吃飯。

Lara : 味道好嗎？

Tom : 好的。

Lara : 你認為價格怎麼樣呢？

Tom : 非常實惠。

Lara 和 Tom 去餐廳。

Lara : 今天有些什麼？

Bedienung：請您看一下黑板！

Tom：晚餐有兩種套餐。第一種套餐是豬排加香草黃油，薯條和青椒玉米沙拉。第二種套餐是魚排加奶油醬，薯條和青椒玉米沙拉。

Tom：我要第一種套餐。

Bedienung：就這些嗎？這兒還有蔬菜湯、紅燒牛肉。

Tom：好的，我還要一份蔬菜湯。

Tom付錢。

Bedienung：誰是下一位？

Lara：這兒有飲料嗎？我渴了。

Bedienung：有的，我們有蘋果汁、柳橙汁、蘇打水。

Lara：一杯蘋果汁和第二種套餐。

Lara付錢。

Tom：過來，這兒的位子是空的！祝你好胃口！

Lara：謝謝，你也一樣。這個魚非常棒。豬排味道好嗎？

Tom：還不錯。我能用點鹽嗎？

Lara：這兒，請用。

詞彙 Wortschatz

13-03

die Mensa Mensen	(學生)餐廳	das Glas / die Gläser	玻璃／玻璃杯
der Hunger	飢餓	der Apfelsaft -säfte	蘋果汁
das Abendessen -	晚餐	der Orangensaft -säfte	柳橙汁
das Menü -s	套餐	das Mineralwasser -wässer	礦泉水
das Schweinesteak -s	豬排	der Appetit	胃口
die Kräuterbutter	香草黃油	der Fisch -e	魚

die Pommes frites Pl.	薯條	das Salz -e	鹽
die Paprika -（s）	青椒	essen	吃
der Mais	玉米	schmecken	有滋味
der Salat -e	沙拉	bezahlen	支付
die Rahmsauce -n	奶油醬	frei	空的
die Gemüsesuppe -n	蔬菜湯	gleichfalls	同樣也
der/das Gulasch -e/ -s	紅燒牛肉	oft	多次，常常
das Getränk -e	飲料	alles	所有
der Durst	渴	wer	誰

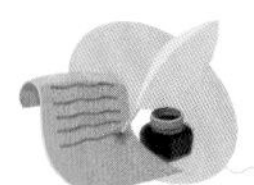

語法 Grammatik

1. 複合名詞的構成

複合名詞的性、數由最後一個單詞來決定。

Nomen（Singular）	+ Nomen	
der Fisch	+ das Filet	das Fischfilet
das Haus	+ die Frau	die Hausfrau
Nomen（Plural）	+ Nomen	
die Rinder	+ der Braten	der Rinderbraten
die Schweine	+ der Braten	der Schweinebraten
die Bücher	+ das Regal	das Bücherregal
Nomen（Singular）	+ s + Nomen	
die Arbeit	+ s + der Tag	der Arbeitstag
die Universität	+ s + die Bibliothek（圖書館）	die Universitätsbibliothek

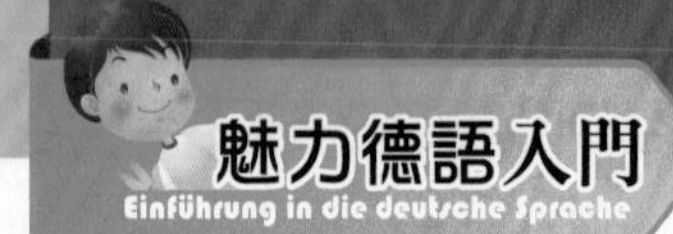

Adjektiv	+ Nomen	
rot	+ der Wein	der Rotwein
frisch（新鮮的）	+ die Milch（牛奶）	die Frischmilch
Verb 詞幹	+ Nomen	
schreib	+ der Tisch	der Schreibtisch
kauf	+ das Haus	das Kaufhaus

2. 現在完成時的規則變化

現在完成時表示動作在說話之前已經完成，但與現在仍有關係。這一時態在平常對話中經常使用。由助動詞（haben 或 sein 的現在時）+動詞的第二分詞構成。

haben 或 sein 隨人稱變位，位置與現在時位置相同。第二分詞不作人稱變化，位於句末，與助動詞形成框型架構。

(a) 規則動詞的第二分詞由動詞詞根加前綴 ge- 和詞尾 -t（或 -et）構成。

ge + 動詞詞幹 + t（et）動詞詞幹末尾是 -t, -d, -ffn, -chn, -g 後加 -et。

machen = ge + mach + t = gemacht

例：Sie hat gestern die Übung gemacht.

(b) 帶有 be-，ge-，er-，ver- 等非重讀前綴的動詞不再加 ge-。

bezalen = be + zahl + t = bezahlt

例：Ich habe schon bezahlt.

(c) 以 -ieren 結尾的動詞也不再加 ge-。

studieren = stud + ier + t = studiert

例：Ihr habt 2 Jahre in Deutschland studiert.

3. 現在完成時的不規則變化

強變化和不規則變化動詞的現在完成時也是由助動詞 haben 和 sein 加第二分詞構成。這些動詞在構成第二分詞時，大多數要變化其詞幹的母音，有的子音也變，後綴一般為 -en。

ge + 詞幹（母音多數發生變化）+ en（見不規則動詞表）

例：sehen = ge + seh + en = gesehen

sprechen = ge + sproch + en = gesprochen

和弱變化動詞一樣，帶不可分前綴的強變化動詞在構成第二分詞時，也不加前綴 ge-。

例：verstehen = ver + stand + en = verstanden

可分動詞構成第二分詞時，ge- 置於前綴和詞幹之間。

例：fernsehen = fern + ge + sehen = ferngesehen

4. 用 haben 構成完成時的動詞

(1) 所有帶第四格賓語的動詞（及物動詞）。

例：fragen，essen，machen。

(2) 所有的反身動詞。

(3) 所有的情態動詞。例：müssen，wollen，können，mögen，dürfen.

(4) 不可帶第四格賓語的動詞（不及物動詞），但它們又不表示運動，而是表示行為的延續或狀態。這些動詞包括：

(a) 帶有地點狀語或時間狀語的動詞，但卻不表示運動或狀態變化：hängen（強變化動詞），liegen，sitzen，stehen，stecken，arbeiten，leben，schlafen 等。

(b) 帶第三格賓語又不表示運動的動詞：antworten 等。

(c) 表示一個固定的起始點和結束點的時間的動詞：anfangen，beginnen 等。

5. 用 sein 構成完成時的動詞

⑴ 所有不能帶第四格賓語的動詞（不及物動詞），同時又表示運動、移動：aufstehen，fahren，fallen，fliegen，gehen，kommen，reisen 等。

⑵ 所有表示狀態變化的不及物動詞:

(a) 表示新的開始或發展：einschlafen，werden，aufwachen，wachsen 等。

(b) 表示結束或終止發展：sterben，ertrinken，umkommen 等。

⑶ 動詞 sein 和 bleiben，werden。

sein　ist　gewesen

werden　ist　geworden

bleiben　ist　geblieben

6. 已學過的以 sein 為助動詞的動詞

gehen	gegangen
kommen	gekommen
fahren	gefahren
fliegen	geflogen
ankommen	angekommen
abfahren	abgefahren
umsteigen	umgestiegen
aussteigen	ausgestiegen
einsteigen	eingestiegen
sein	gewesen
bleiben	geblieben

練習 Übungen

(一) 課文理解

❶ Hat Lara keinen Hunger? Will sie nicht zur Mensa gehen?

❷ Hat Tom noch nie in der Mensa gegessen?

❸ Was gibt es zum Abendessen in der Mensa?

❹ Schmeckt das Fischfilet Tom gut?

❺ Hat Tom Plätze in der Mensa gefunden?

(二) 填空

❶ essen — Gehen wir jetzt in die Mensa?
Oh, nein, ich habe schon ________.

❷ finden — Er möchte mit Lara sprechen.
Ja, aber ich habe ihn nicht ________.

❸ lesen — Das Buch ist gut. Ich habe es schon ________.

❹ nehmen — Er ist ins Zimmer gekommen und hat Platz ________.

❺ schreiben — Ich habe gestern zwei Briefe ________ .

❻ sehen — Ich komme nicht mit. Ich habe den Film schon ________.

❼ beginnen — Gehen wir schnell.
Der Film hat vielleicht schon ________.

❽ bekommen — Was lesen Sie da?
Ich habe einen Brief von zu Hause ________.

㈢ 請回答問題

Kommt Rolf heute? Nein, er ist schon gestern gekommen.

❶ Fährt Herr Meier heute ?

____

❷ Fliegt Frau Gao heute nach Shanghai?

____

❸ Geht Lara nach Hause?

____

❹ Kommen die Gäste heute?

____

❺ Stehst du auf?

____

㈣ 請用 haben 或 sein 填空

Gestern ________ Lara keinen Unterricht gehabt. Sie ________ in die Stadt gefahren. Am Vormittag ________ sie das Museum besucht. Am Mittag ________ sie in einem kleinen Restaurant gegessen. Nach dem Essen ________ sie in ein Kaufhaus gegangen. Im Kaufhaus wollte sie Schlittschuhe kaufen, aber die ________ ihr alle nicht gepasst. Sie ________ aber einen schönen Mantel gefunden.

㈤ 請把一個單字分成兩個單字

例：der Apfelsaft = der Apfel + der Saft

der Rinderbraten = ________ + ________

das Bierglas = ________ + ________

der Obstkuchen = ________ + ________

das Weiβbrot = ________ + ________

der Rotwein = ________ + ________

die Abendschule = ________ + ________

das Wörterbuch = ________ + ________

das Familienfoto = ________ + ________

die Hochzeit = ________ + ________

㈥ 翻譯

❶ 現在已經 12 點了，我餓了。我們一起去學生餐廳吃飯吧。

____

____

____

❷ 您要什麼？
給我一份豬排，一份沙拉。
喝點什麼？
請來一杯柳橙汁。

____

____

____

❸ 我已經買好電影票了。你有時間和我一起去看電影嗎？
今天不行，我要去我奶奶家。

___

___

___

❹ 魚排好吃嗎？
還可以。你的沙拉怎麼樣？
非常棒。

___

___

___

❺ Lara，過來，這兒有個位置。
謝謝！

___

___

___

德國大學的學生餐廳

科隆大學午餐的時候，一般是在大廳櫥窗把當天可以供應菜的樣品擺放出來，同時寫明是在哪個餐廳可以買到。學生餐廳的菜價與一般餐館相比要便宜很多，普通的一餐在 2 歐元到 4 歐元之間。德國人非常重視膳食營養搭配，因此大學餐廳除了主菜之外會有蔬菜沙拉作為配菜，而對於素食主義者當然也有純素的選擇。科隆大學在午餐時間（12 點到 1 點之間）會排很長的隊。那些食量較小的學生，尤其是女孩，會直接去排隊人數相對較少的沙拉吧，100 克沙拉的價錢為 55 歐分（Cent）。除此之外，還有德國特色的雜燴菜（Eintopf）。

相對於中華美食的繁多花樣，德國飲食更講究營養、便捷。學生餐廳裡最常見的就是烤香腸配薯條，德國學生吃得津津有味，又能節省時間。學生餐廳偶爾也供應亞洲風味，但品種比較單一，往往只有炒飯、炒麵或者春卷。魚肉菜品是中德學生都比較歡迎的，只可惜學生餐廳並不經常供應魚肉。

卡爾斯魯厄的大學餐廳比較有意思，他們將餐廳分成了南北兩種風味的區域，南部風味的窗口還掛著巴伐利亞州旗，供應有著濃郁南德特色的香腸和豬肘，那些愛喝啤酒的學生，還能在這裡買到“Franziskaner”和“Paulaner”(巴伐利亞傳統啤酒)，但大部分學生還得在下午上課，所以'一般情況下大家會喝點蘋果汽水之類的。餐廳還供應蘇打水，不過很多華人並不太喜歡這種充滿碳酸氣又沒味道的飲料。

Lektion 10 第十課

Reise 旅遊

重要句子 Wichtige Sätze

14-01

- Das Leben besteht nicht nur aus Arbeit. 生活不僅僅由工作組成。
- Spanien ist berühmt für seine Sonne. 西班牙以陽光而出名。
- Und auch abends war immer was los. 在晚上也一直有活動。
- Die Tanzlehrerin hat uns spanischen Tanz unterrichtet. 舞蹈老師教我們西班牙舞。

課文 Text

14-02

Lara : Das Leben besteht nicht nur aus Arbeit, deshalb macht meine Familie jedes Jahr Urlaub. Vorgestern war meine Mutter bei einem Reisebüro. Dieses Jahr möchten wir nach Spanien reisen.

Tom : Letztes Jahr haben wir Urlaub in Spanien gemacht.

Lara : Wie findest du den Urlaub in Spanien?

Tom : Der Urlaub war ganz phantastisch! Spanien ist berühmt für seine Sonne. Drei Tage lang haben wir oft gebadet. Und auch abends war immer was los. Viele Leute können da das Leben genieβen.

Lara : Sind Spanier sehr freundlich?

Tom : Ja, sehr freundlich. Wir haben noch mit ein paar Spaniern zusammen fotografiert. Dann sind wir nach Barcelona gefahren. Am Vormittag haben wir die Sagrada Familia Kirche（聖家堂）besichtigt. Die Kirche ist weltbekannt. Zum Mittagessen haben wir die typische Küche von Spanien probiert. Danach sind wir ins Konzert gegangen. Die Musik war wirklich gut. Am Abend waren wir nur im Hotel.

Lara : Was habt ihr im Hotel gemacht?

Tom : Wir haben uns spanische Tänze angesehen. Da gab es noch eine Tanzlehrerin. Die Tanzlehrerin hat uns spanischen Tanz unterrichtet. Dann haben wir mit anderen Leuten zusammen getanzt.

Lara : Warst du müde?

Tom : Ja, sehr müde. Ich bin um 22 Uhr ins Bett gegangen und sehr schnell eingeschlafen.

Lara : 生活不僅僅由工作組成，所以我的家庭每年都要出去度假。昨天我母親到旅行社。今年我們想去西班牙。

Tom : 去年我們已經去過西班牙了。

Lara : 你認為在西班牙度假怎麼樣？

Tom : 這次旅行非常好！西班牙以太陽而出名。我們游泳了三天。晚上也一直有活動。許多人能在那兒享受生活。

Lara : 西班牙人很友善嗎？

Tom : 是的，非常友善。我們還和一些西班牙人一起照相。然後我們去了巴塞隆那。早上我們去參觀了聖家堂。這個教堂是世界聞名的。吃中飯時，我們試吃了典型的西班牙菜。然後我們去聽音樂會。音樂很美。晚上我們只待在旅館裡。

Lara : 你們在旅館裡做什麼？

Tom : 我們看了西班牙舞。在那兒還有一個舞蹈老師。舞蹈老師教了我們西班牙舞。然後我們和其他人一起跳舞。

Lara：你疲倦嗎？

Tom：是的，非常疲倦。我晚上十點就上床了，並且很快就睡著了。

詞彙 Wortschatz

14-03

die Reise -n	旅行	probieren	嘗試
das Leben -	生活	sich ... ansehen	觀看
das Reisebüro -s	旅行社	tanzen	跳舞
die Erholung	休養	einschlafen	入睡
der Spanier -	西班牙人	letzt-	最近的
Barcelona	巴塞隆那	phantastisch	極好的
die Kirche -n	教堂	berühmt für	以……而出名
die Küche -n	菜餚，廚房	weltbekannt	世界聞名的
das Konzert -e	音樂會	typisch	典型的
der Tanz Tänze	舞蹈	spanisch	西班牙的
die Tanzlehrerin -nen	女舞蹈老師	jed-（不定代詞作形容詞用）	每一個
das Bett -en	床	ander-（不定代詞作形容詞用）	其他的
bestehen......aus	由……組成	müde	疲勞的
baden	游泳，洗澡	schnell	快的
suchen	尋找	deshalb	所以，因此
genieβen	享受	dann	然後
fotografieren	拍照	danach	然後
besichtigen	參觀	vorgestern	前天
		immer	一直

語法 Grammatik

1. 動詞過去時

haben 和 sein 的現在完成時分別是 gehabt haben，gewesen sein。在口語中一般用過去時代替。

	現在時	過去時	現在時	過去時
	haben	hatten	sein	waren
ich	habe	hatte	bin	war
du	hast	hattest	bist	warst
er/sie/es	hat	hatte	ist	war
wir	haben	hatten	sind	waren
ihr	habt	hattet	seid	wart
Sie/sie	haben	hatten	sind	waren

例：Hattet ihr gestern Unterricht? 你們昨天有課嗎？

= Habt ihr gestern Unterricht gehabt?

Gestern hatten wir 4 Stunden Unterricht. 昨天我們有四小時的課。

= Gestern haben wir 4 Stunden Unterricht gehabt.

Wo warst du gestern? = Wo bist du gestern gewesen?你昨天在哪裡？

Ich war zu Hause. = Ich bin zu Hause gewesen. 我在家。

規則動詞的過去時：動詞詞幹 + te + 動詞人稱詞尾

	fragen
ich	fragte
du	fragtest
er/sie/es	fragte
wir	fragten
ihr	fragtet
Sie/sie	fragten

註解

(a) 詞幹以 -d 或 -t 結尾的動詞，則須在動詞詞幹與人稱詞尾之間的 -te 前加一個 -e。

例：du arbeit-e-test

du bad-e-test

(b) 如果詞幹以 -m 或 -n 結尾。在 -m 或 -n 之前是一個子音（除 -l 或 -r 外）時，也要加一個 -e。

例：du rechn-e-te-st

但是 -m 或 -n 前的子音是 -l 或 -r 時不加 -e。

例：du lern-te-st

2. 在 und 後省略主語意為"和、與、而"在句子中起承接作用，它可連接並列成分或並列句。連接並列句時，後面為正語序。

(1) 如果以 und 相連的兩個主句相同，那麼從文體上來說最好將 und 後面的主語省略。這樣就形成兩個謂語成分的主語。

例：Ich mache Hausaufgaben und ich sehe fern.
我寫作業和我看電視。
Ich mache Hausaufgaben und sehe fern. 我寫作業和看電視。

(2) 一個主句可以有多個謂語成分。如果主語相同，則不必重複主語。

例：Er kommt nach Hause, sagt kein Wort, holt eine Flasche Bier und setzt sich vor den Fernsehapparat.
他回家，沒說半個字，拿瓶啤酒並坐在電視機前。

(3) 如果 und 後面的主語不是位於第一位，而是變換形式，則必須重複主語。

例：Heute packe ich und morgen fahre ich fort.
今天我收拾行李，明天動身。

(4) 即使是有相同的主語，在 aber，oder（或者），sondern（而是）之後的主語也必須重複。

例：Er ist krank, aber er geht noch zur Schule.
他生病，但他還去學校。

(5) 在 denn（因為）之後必須有主語。

例：Er geht schnell ins Bett, denn er ist müde.
他很快上床，因為他累了。

3. aber 連接兩個相對對立的句子成分或句子，與 und 一樣是不占位連接詞

例：Er trinkt Bier, aber ich trinke nicht. 他喝啤酒，但我不喝。

aber 不一定處於句子的開頭，它可以根據重音位於句子的任何位置。

Du kannst zu uns kommen,	aber	du	kannst hier	nicht	übernachten.（過夜）
你能到我們這裡，但你不能在這裡過夜。					
Du kannst zu uns kommen,		du	kannst	aber hier	nicht übernachten.
你能到我們這裡，但這裡你不能過夜。					
Du kannst zu uns kommen,		hier aber	kannst	du	nicht übernachten.
你能到我們這裡，這裡但你不能過夜。					
Du kannst zu uns kommen,		du	kannst	hier aber	nicht übernachten.
你能到我們這裡，你這裡但不能過夜。					

4. dann、danach 等為時間連接詞，表示某行為在一段時間內的走向，為佔位連接詞

例：Ich gehe ins Kino, dann besuche ich meinen Freund.

我去電影院，然後找我的男朋友。

Ich komme zuerst an, danach kommt mein Bruder.

我首先到達，之後我兄弟到。

deshalb 為原因連接詞，所引導的句子一般表示發生某事的原因：

例：Warum gehst du zur Polizei?

你為什麼去警察局？

Ich habe meinen Pass verloren, deshalb gehe ich zur Polizei.

我護照丟了，因此我去警察局。

練習 Übungen

(一) 課文理解

❶ Ist Lara nach Spanien gereist?

❷ Mit wem hat Tom fotografiert?

❸ Wofür ist Spanien berühmt?

❹ Wohin ist Tom noch gegangen?

❺ Um wie viel Uhr bist du ins Bett gegangen?

(二) 轉換成過去式

例：Jetzt sind in der Stadt viele Hotels.

Früher waren hier fast keine.

❶ Heute hat er eine Dreizimmerwohnung. （nur ein Zimmer）

____

❷ Jetzt habe ich viel Geld, aber keine Zeit. （wenig Geld, aber viel Zeit）

____

❸ Jetzt habt ihr ein Auto. （nur ein Fahrrad）

____

❹ Jetzt haben wir zwei Wochen Urlaub. （nur acht Tage）

____

❺ Jetzt ist er Direktor. （Bauer 農民）

____

❻ Jetzt gibt es im Institut 12 Abteilungen. （nur vier）

____

❼ Heute gibt es in der Hochschule 3,000 Studenten. （nur 800）

____

❽ Inzwischen ist hier nichts mehr los. （noch ziemlich viel）

____

㈢ hatt 或 war 填空

❶ Gestern ________ Sonntag. Leider ________ wir kein schönes Wetter. Den ganzen Tag ________ ich zu Hause. Ich habe ein Buch gelesen. Der ________ sehr interessant. Am Abend ________ ich Besuch. Wir haben Kaffee getrunken und über unser Studium gesprochen. Der Abend ________ sehr schön.

❷ Das Theaterstück gestern ________ ausgezeichnet. ________ du auch da?

Nein, ich ________ keine Theaterkarte.

Nein, ich ________ zu viel Arbeit.

Ja, ich ________ auch da, aber ich habe dich nicht gesehen.

Ja, ich ________ oben, ________ du unten?

Ja. Aber leider ________ ich keinen guten Platz.

❸ Herr Xu ________ doch am Dienstag Geburtstag. ________ du bei ihm?

Ja, ich ________ am Abend mit einigen Studenten bei ihm.

Wir ________ auch ein Geschenk（禮物）für ihn.

Und wie lange ________ ihr dort?

Fast zwei Stunden. Es ________ sehr interessant.

❹ ________ ihr heute Unterricht?

Ja.

Und gestern? ________ ihr da auch Unterricht?

Nein.

Ach, da ________ Sonntag! Da ________ ihr natürlich keinen Unterricht.

(四) 請用 und 連接句子，在不必要的時候可以省略主語

❶ Ich bleibe hier. Du gehst fort.

____

❷ Ich bleibe hier. Ich erledige meine Arbeit.

____

❸ Wir bleiben hier. Abends machen wir noch einen Besuch.

____

(五) 翻譯

❶ 你們今年想去哪裡？

今年夏天我們想去義大利。

____

____

____

❷ 一個月前我們到中國旅行了一次，我們在北京待了一個星期。

____

____

____

❸ 你昨天在哪裡？
我在我弟弟那兒。

❹ 許多人喜歡在西班牙享受陽光享受生活。

❺ 你有沒有吃過西班牙餐？
吃過。味道好極了。

德國人喜歡花

不僅僅是德國人，幾乎所有的歐洲人都喜歡在窗台外種花或是放一些觀葉盆景。窗上掛著白色的蕾絲窗帘，你可以透過蕾絲看到屋內的擺設：修剪很好的觀葉植物和各種應季盆花。這對路人來說，是很養眼的。

很多人喜歡在花園裡闢出一小塊地，種種花，或是擺上幾盆盆栽，也是非常愜意的一種享受。

Lektion 11 第十一課

Telefongespräch 打電話

重要句子 Wichtige Sätze

15-01

- Ich bin auf dem Bahnhof in München. 我在慕尼黑火車站。
- Dort waren 1972 die Olympischen Spiele.
  1972年的奧林匹克運動會在那兒舉行。
- Da kannst du das weltberühmte Münchner Bier trinken.
  在那兒你可以喝到世界聞名的慕尼黑啤酒。
- Ich frage mal Tom, ob er auf deine Geburtstagsparty kommt.
  我問一下Tom，他是否來參加你的生日宴會。

課文 Text

15-02

Lara : Leo, Guten Tag!

Leo : Guten Tag, Lara! Bist du noch in München?

Lara : Ja, ich bin auf dem Bahnhof in München. Ich fahre jetzt nach Hause.

Leo : Was hast du in München gemacht?

Lara : Vorgestern Vormittag haben wir den Olympiapark besichtigt. Dort waren 1972 die Olympischen Spiele, und dort steht auch der Fernsehturm. Vorgestern Nachmittag sind wir zum Hofbräuhaus gefahren. Dieser Platz ist wichtig! Da kannst du das weltberühmte Münchner Bier trinken. Denn München ist auch die Stadt des Bieres.

Leo : Hast du etwas gekauft?

Lara : Ja, gestern habe ich im Kaufhof einen Mantel gekauft.

Leo : Wann kommt ihr in Bremen an?

Lara : Um 15 Uhr.

Leo : Ich habe ein Auto und hole euch ab.

Lara : Danke, aber ich habe auch mein Auto neben dem Bahnhof geparkt.

Leo : Hast du übermorgen Zeit?

Lara : Moment, ich überlege mal. Ich habe nichts vor.

Leo : Hat Tom Zeit?

Lara : Ich weiβ nicht.

Leo : Übermorgen ist mein Geburtstag. Ich habe eine Geburtstagsparty zu Hause.

Lara : Ach so! Ich frage mal Tom, ob er auf deine Geburtstagsparty kommt. Dann rufe ich dich an. O.K.?

Leo : O.K.

Lara : Leo。你好!

Leo : 你好，Lara! 你還在慕尼黑嗎？

Lara : 是的，我在慕尼黑的火車站。我現在要回家了。

Leo : 你在慕尼黑做什麼？

Lara : 前天早上我們去參觀了奧林匹克運動公園。1972 年的奧林匹克運動會是在那裡舉行的。那兒還有一個電視塔。前天下午我們去了Hofbräu啤酒館。這個地方很重要的。你可以在那兒喝到世界有名的慕尼黑啤酒。因為慕尼黑是個啤酒城。

Leo : 你有沒有買什麼？

Lara : 有，昨天我在Kaufhof百貨公司買了一件大衣。

Leo ：你什麼時候到達不萊梅？

Lara ：下午3 點。

Leo ：我有車，我來接你們。

Lara ：謝謝，但是我也有車停在火車站旁。

Leo ：你後天有時間嗎？

Lara ：等等，我想一想。我沒有什麼安排。

Leo ：Tom 有時間嗎？

Lara ：我不知道。

Leo ：後天是我的生日。我將在家裡舉行一個生日聚餐。

Lara ：原來如此！我問一下 Tom，他是否來參加你的生日聚餐。然後我打電話給你。好嗎？

Leo ：好。

詞彙 Wortschatz

das Telefongespräch -e	打電話（電話通話）	überlegen	思考
der Olympiapark -s	奧林匹克運動公園	anrufen	打電話
die Olympischen Spiele	奧林匹克運動會	olympisch	奧林匹克的
der Fernsehturm -türme	電視塔	wichtig	重要的
das Hofbräuhaus -häuser	Hofbräu啤酒館	weltberühmt	世界著名的
der Münch(e)ner -	慕尼黑人	übermorgen	後天
der Geburtstag -e	生日	nichts	沒有什麼事情
die Geburtstagsparty -s	生日宴會	denn	因為
abholen	接	nachher	然後
parken	停車		

語法 Grammatik

1. 日期

(1) 年

1992　neunzehnhundertzweiundneunzig

2001　zweitausendeins

1864　achtzehnhundertvierundsechzig

2010　zweitausendzehn

從 1998 到 2008

von 1998(neunzehnhundertachtundneunzig) bis 2008(zweitausendacht)

20 世紀　das 20.(zwanzigste) Jahrhundert

“在……年”的表達方式：im Jahr 2014 oder 2014。

(2) 序數詞

序數詞前一般要用定冠詞。

der（die, das）+ 數詞 + te

der（die, das）erste = der（die, das）1.

20 以上的序數詞的構成：

der（die, das）+ 數詞 + ste

der（die, das）zwanzigste = der（die, das）20.

der（die, das）erste	1.
der（die, das）zweite	2.
der（die, das）dritte	3.
der（die, das）vierte	4.
der（die, das）fünfte	5.

der（die, das）sechste	6.
der（die, das）siebte（siebente）	7.
der（die, das）achte	8.
der（die, das）neunte	9.
der（die, das）zehnte	10.
der（die, das）elfte	11.
der（die, das）zwölfte	12.
der（die, das）dreizehnte	13.
der（die, das）neunzehnte	19.
der（die, das）zwanzigste	20.
der（die, das）einundzwanzigste	21.
der（die, das）dreiβigste	30.
der（die, das）vierzigste	40.
der（die, das）fünfzigste	50.
der（die, das）sechzigste	60.
der（die, das）siebzigste	70.
der（die, das）achtzigste	80.
der（die, das）neunzigste	90.
der（die, das）（ein）hundertste	100.
der（die, das）（ein）tausendste	1000.
der（die, das）zweitausendste	2000.
der（die, das）dreitausendste	3000.
der（die, das）viertausendsiebzehnte	4017.

(3) 時間副詞

Freitag	Samstag	Sonntag	Montag	Dienstag	Mittwoch	Donnerstag
vor drei Tagen (vorvorgestern)	vorgestern	gestern	heute	morgen	übermorgen	in drei Tagen (überübermorgen)

(4) 年、月、日的次序

der 1. November 1999.

（der erste November neunzehnhundertneunundneunzig）

在幾月幾日我們通常用介詞 an。

例：在 2009 年 1 月 1 日

am ersten Januar zweitausendneun (am＝an dem)

在 2 月 1 日星期五

Heute ist Freitag, der erste Februar

(5) 對於日期的提問

Der Wievielte	ist		heute?	Der ________
	ist		morgen?	________
	ist		übermorgen?	________
	war		gestern?	________
	war		vorgestern?	________
Den wievielten	haben	wir	heute?	Den ________
Welches Datum	ist		morgen?	________
	ist		übermorgen?	________
	hatten	wir	gestern?	________
	hatten	wir	vorgestern?	________
Welcher Tag	ist	heute?		Donnerstag, der 21.1
	ist	morgen?		________

ist	übermorgen?	________
war	gestern?	________
war	vorgestern?	________

2. 專有地名加 -er = 形容詞

der Bahnhof von Leipzig	der Leipziger Bahnhof
das Bier aus München	das Münchener（Münchner）Bier
die Messe von Frankfurt	die Frankfurter Messe
die Uhren aus der Schweiz	die Schweizer Uhren

專有地名加 -er = 形容詞（要大寫）

Ich komme aus Hamburg. Ich bin Hamburger.

Sie kommt aus Shanghai. Sie ist Shanghaierin.

練習 Übungen

(一) 課文理解

1. Fährt Tom heute nach Hause?
2. Was ist weltberühmt in München?
3. Hat Leo ein Auto?
4. Möchte Leo Lara abholen?
5. Parkt Lara ihr Auto nicht neben dem Bahnhof?

(二) 寫出下列序數詞

7777 ______________________

11111 ______________________

9009 ______________________

69707 ______________________

80314 ______________________

53000 ______________________

(三) 請寫出德語日期的表達

1987 年 5 月 17 日 星期日 ______________________

1991 年 1 月 31 日 星期四 ______________________

1872 年 12 月 23 日 星期一 ______________________

2007 年 10 月 30 日 星期三 ______________________

2001 年 9 月 1 日 星期五 ______________________

2000 年 2 月 14 日 星期六 ______________________

㈣ 請互相問以下的問題

❶ Wann hast du Geburstag?

❷ Am wievielten hat deine Mutter Geburstag?

❸ An welchem Tag ist Nationalfeiertag（國慶）?

❹ Wann beginnen die Sommerferien?

❺ Am wievielten haben wir Prüfung（考試）?

❻ Welches Datum ist in drei Tagen?

㈤ 轉換句型

例：Der Hauptbahnhof von München ist groβ.

Der Münchner Hauptbahnhof ist groβ.

❶ Mein Groβvater kommt aus der Schweiz.

____

❷ Er hat das Hofbräuhaus in München besichtigt.

____

❸ Wann beginnt die Messe in Frankfurt?

____

❹ Die Industrieaustellung in Shanghai ist berühmt.

____

❺ Kommt Herr Kittmann aus Hamburg?

____

Nein, er kommt aus Berlin.

____

㈥ 翻譯

❶ 我已經把車停在圖書館旁邊了。

❷ 你們什麼時候開始考試？
1 月 8 日。

❸ 後天是我朋友的生日。

❹ 星期六有什麼計畫嗎？
還沒有。
那我們一起去跳舞。

❺ 你喜歡我們這個城市嗎？

喜歡，但是人太多了。

奧林匹克運動公園

著名的慕尼黑奧林匹克公園是一組高度集中的特大型體育建築群。這是 1972 年奧林匹克運動會的舉辦場地，奧林匹克體育場是奧林匹克公園的核心建築，建築設計極富現代感，其主館可容納八萬名觀眾。

可容納 1.4 萬人的體育館、可容納 2000 人的游泳池都座落在一張大帳篷式的屋頂下，面積達 7.5 萬平方米。奇特的建築構思和造型，令人過目不忘。

草坪足球場下面有暖氣設備，保證一年四季綠草如茵，冬天也能進行比賽，是目前慕尼黑市民最佳的運動去處。奧林匹克公園的總體造型和核心建築是由慕尼黑的建築師貝尼斯及其伙伴奧托設計的， 1968 年開始施工，到 1972 年陸續建成。整個公園由 33 個體育場館組成。奧林匹克公園集大型賽事、房地產業與休閒娛樂於一體， 299 米高的奧運塔已被改建為電視塔。

Lektion 12 第十二課
Geburtstag 生日

重要句子 Wichtige Sätze

16-01

- Herzlichen Glückwunsch zum Geburtstag!　祝你生日快樂！
- Alles Gute und viel Glück!　祝你一切順利並且非常幸福！
- Weiβt du, dass Leo selbst eine Geburtstagstorte machen kann?
  你知道嗎，Leo 可以自己做蛋糕？

課文 Text

16-02

Lara : Oh, Tom. Gerade hat Leo mich angerufen. Er sagte, dass es übermorgen eine Geburtstagsparty gibt. Er hat uns auf seine Geburtstagsparty eingeladen. Gehst du dahin?

Tom : Welcher Tag ist übermorgen?

Lara : Dienstag, der 28. Dez.

Tom : Ende Dezember habe ich viele Prüfungen. Am Dienstag morgen habe ich eine Prüfung. Aber am Abend habe ich nichts vor. Ich kann mit dir zusammen gehen. Was soll ich ihm schenken?

Lara : Leo liest sehr gern Bücher. Du kannst ihm ein Buch schenken. Oder du kannst Leo eine Flasche Wein schenken, denn er sammelt gern Wein.

Tom : Was schenkst du Leo?

Lara : Ich schenke ihm eine CD von Alicia Keys.

Am 28. Dezember.

Lara, Tom : Herzlichen Glückwunsch zum Geburtstag! Alles Gute und viel Glück!

Leo : Danke! Kommt bitte rein!

Lara, Tom : Hier sind unsere Geschenke für dich.

Leo : Nehmt Platz, bitte!
Was möchtet ihr trinken?

Lara : Ich trinke Kaffee.

Tom : Ich auch.

Lara, Tom : Danke!

Lara : Guck mal da, Tom! Eine Geburtstagstorte. Weiβt du, dass Leo selbst eine Geburtstagstorte machen kann?

Tom : Nein, das weiß ich nicht.

Lara : Leo kann auch Gitarre spielen und singen, später kannst du es hören.

Lara : Tom，剛剛 Leo 打電話給我，他說，後天有一個生日聚餐。他邀請我們參加他的生日聚餐。你去嗎？

Tom : 後天是幾號？

Lara : 12 月 28 日星期二。

Tom : 十二月底我有很多考試。在星期二早上我有一個考試。但是在晚上我沒有什麼計畫。我可以和你一塊去。我應該送他什麼呢？

Lara : Leo 很喜歡看書。你可以送他一本書。或者你可以送 Leo 一瓶葡萄酒，因為他喜歡收集葡萄酒。

Tom : 你送給 Leo 什麼？

Lara : 我送給他一張 Alicia Keys 的 CD。

12月28日

Lara, Tom : 祝你生日快樂！祝你一切順利並且非常幸福！

Leo : 謝謝！請進！

Lara, Tom : 這兒是我們給你的禮物。

Leo : 請坐！

Leo : 你們想喝些什麼？

Lara : 我喝咖啡，謝謝！

Tom : 我也是，謝謝！

Lara : Tom，看那兒！一個生日蛋糕。你知道嗎，Leo 會自己做蛋糕？

Tom : 不，我不知道。

Lara : Leo 還會彈吉他、唱歌，過一會兒你可以聽到他的歌聲。

詞彙 Wortschatz

16-03

das Ende -n	末尾，結束	schenken	送
der Wein -e	葡萄酒	sammeln	收集
der Glückwunsch -wünsche	祝賀，祝福	reinkommen	進來
das Glück	幸運	singen	唱歌
das Geschenk -e	禮物	herzlich	衷心的
die Geburtstagstorte -n	生日蛋糕	gerade	剛剛
die Gitarre -n	吉他	später	之後

die Musik	音樂	dass	連接詞（沒有含義）
sagen	說	oder	或者
einladen	邀請	selbst	自己
sollen	應該		

語法 Grammatik

1. 連接詞 denn 和 oder，不占位連接詞

連接詞 denn 連接兩個並列句子，組成並列複合句。denn 後面的句子為正語序，說明前句行為的原因。

例：Sie kommt heute nicht zur Schule, denn sie ist krank.

她今天不上學，因她生病了。

連接詞 oder 可連接兩個並列成分或並列句。在連接兩個並列句時，不影響句子的語序。

例：Was trinken Sie, Kaffee oder Tee? 您喝什麼，咖啡或茶？

Wir gehen ins Kino, oder wir bleiben zu Hause.

我們去看電影或我們留在家裡。

並列連接詞可以連接詞、句子成分或句子。aber 和 denn 前要有逗號。und 和 oder 後面是完整的句子時，連接詞前要有逗號，否則不加逗號。

2. 情態動詞 sollen 應當，應該。表示客觀要求履行的一種義務。在口語中表示徵求對方意見。

表示主語受他人委托或受社會義務、風俗習慣、道德標準、規章制度、法律等制約，或遵他人建議、意見等去做某事。

例：Die Kinder sollen die Hausaufgaben auf einem Papier schreiben.

孩子們要把家庭作業寫在一張紙上。

Sollen wir ihm das wirklich sagen?

我們真的應該告訴他這件事嗎?

Du solltest dir den Film unbedingt ansehen.

你一定要看這部電影。

3. 以 dass 帶起的賓語從句

⑴ 連接詞 dass 帶起的從句可作直接賓語，賓語從句大多位於主句後，從句中的謂語變化部分位於句尾。從句中的動詞如果是可分動詞，不再分開，位於句末。

例：Ich weiβ, dass er heute in China ankommt. 我知道他今天到中國。

Ich hoffe, dass er auf meine Geburtstagsparty kommt.

我希望他來我的生日聚餐。

⑵ dass 從句一般作下列動詞的直接賓語：

sagen, wissen（知道）, denken（想）, hören, glauben（考慮、認為）, hoffen（希望）, vergessen（忘記）, finden, schreiben, lesen, meinen（認為）等。

⑶ 連接詞 dass 本身沒有什麼意義，它只是連接主句和從句的作用。主從句句末的標點以主句為準。主句是陳述句，句末用句號；主句是疑問句，句末用問號；主句是命令句，句末用驚嘆號。

例：Ich finde, dass der Mantel sehr schön ist.

我認為這（那）大衣很漂亮。

Weiβt du, dass er sehr gut schwimmen kann?

你知道他很會游泳嗎？

Sag ihm, dass du morgen keine Zeit hast!

告訴他你明天沒有時間。

練習 Übungen

(一) 課文理解

❶ Was gefällt Leo?

❷ Was schenkt Lara Leo?

❸ Kann Leo keine Geburtstagstorte machen?

❹ Hat Leo am Dienstagmorgen eine Prüfung?

❺ An welchem Tag ist der Geburtstag von Leo?

(二) 情態動詞的變位

können	mögen	sollen	müssen	wollen

(三) 請填寫 und, oder, aber 和 denn

❶ Helga und Christine wohnen in einem Zimmer in einer Wohnung. Ihr Zimmer ist nicht groβ, ________ gemütlich ________ ruhig. Vormittags gehen sie zum Unterricht, nachmittags gehen sie in die

Bibliothek ________ bleiben zu Hause. Sie lernen ________ üben viel, ________ am Wochenende arbeiten sie nicht. Am Samstagabend besuchen sie Freunde, sehen fern ________ gehen tanzen. Sonntags gehen sie oft in Ausstellungen ________ ins Konzert. Manchmal besucht Christine ihre Eltern, ________ Helga kommt auch mit, ________ die Mutter von Christine hilft Helga gern beim Deutschlernen.

❷ Helga ________ Christine gehen ins Kaufhaus. Das Kaufhaus ist groβ ________ modern. Es ist Herbst, ________ bald kommt der Winter. Helga braucht einen Mantel, einen Pullover ________ einen Schal. Die Mäntel sind modern, ________ nicht so schön. Die Pullover gefallen ihnen ________ sind auch ziemlich billig. Helga kauft keinen Mantel, nur einen Pullover ________ einen Schal（圍巾）.

㈣ 請把句子補充完整

❶ Um 11 Uhr müssen die Studenten im Studentenheim bleiben, denn ____

❷ Er ist krank, aber ________________________________

❸ Ich kann nicht mehr einkaufen, denn ________________________

❹ Ist deine Wohnung klein oder ________________________

❺ Ich kaufe eine Hose und ________________________

❻ Wir müssen fahren, denn ________________________

㈤ 句型轉換

例：Thomas soll im Zimmer nicht rauchen.

Frau Lauer will, dass Thomas im Zimmer nicht raucht.

❶ Thomas soll immer leise sein.

____

❷ Thomas soll nach 10 Uhr nicht mehr Karten spielen.

____

❸ Thomas soll nicht so spät aufstehen.

____

❹ Thomas soll zu Hause nicht oft telefonieren.

____

❺ Thomas soll um 8 Uhr arbeiten.

____

㈥ 翻譯

❶ 後天晚上我們有舞會，你能來嗎？
後天，太好了，我正好沒有事情。

____

____

____

❷ Helga 邀請我們參加她的生日宴會。你送什麼禮物給她呢？

____

____

____

❸ 我哥哥說，他星期四下午 3 點到達漢堡。

❹ Tom 說 6 月 30 日有一個考試。

❺ 你還有沒有電影票？
我找不到我的電影票了。

新天鵝堡

城堡是德國的象徵，世界上沒有一個國家像德國那樣擁有如此眾多的城堡，據說目前仍有 14000 個。在眾多的城堡中，最著名的是位於慕尼黑以南富森（Füssen）的阿爾卑斯山麓的新天鵝岩城堡，也叫白雪公主城堡，建於 1869 年。最初它是由巴伐利亞國王路德維希二世（King Ludwig II von Bayern）的夢想所設計，國王是藝術的愛好者，一生受著瓦格納歌劇的影響，他構想了那傳說中曾是白雪公主居住的地方。他邀請劇院畫家和舞台佈置者繪製了建築草圖，夢幻的氣氛、無數的天鵝圖畫，加上圍繞城堡四周的湖泊，沉沉的湖水，確實如人間仙境。

世事滄桑，如今德國人把路德維希二世的夢變成了現實，耗費巨資建成的新天鵝堡成為德國旅遊業賺錢的大戶，已經有過百萬的遊客慕名來這裡欣賞這座富有童話色彩的城堡，成為德國最熱門的旅遊景點之一。遊客可以在山麓乘坐馬車上山，也可以徒步上山，欣賞那一路奇花異草，去探訪這座充滿傳奇色彩的城堡。只見城堡建於三面絕壁的山峰上，背靠阿爾卑斯山脈，下臨一片廣闊的大湖，顯得尤為神聖而莊嚴，全高約 70 米。城堡四角為圓柱形尖頂，上面設有瞭望塔。新天鵝宮內部裝飾極為豪華，有彩色大理石地面的舞廳，金碧輝煌的大殿，有名貴的古董、珠寶和藝術品，還有在那裡靜靜等待那國王的夢想和永遠不能上演的瓦格納的舞臺劇。

附錄

Anlage

附錄 1　發音及語法匯總

	發音
第一課	1. 母音字母 a, e, i, o, u 的長音讀法
	2. 母音字母 a, e, i, o, u 的短音讀法
	3. 子音字母 b, p 的發音
	4. 子音字母 d, t 的發音
	5. 子音字母 g, k 的發音
	6. 子音字母 m, n 的發音
	7. 子音字母 l, r 的發音
第二課	1. 變母音字母 ä, ö, ü 的長音讀法
	2. 變母音字母 ä, ö, ü 的短音讀法
	3. 子音字母 f, w, v 以及 ph 的發音
	4. 子音字母 h, j, z 的發音
	5. 子音字母 s 的濁子音和清子音以及 β 和 ss 的發音
	6. 複合子音 sch, st, sp 的發音
第三課	1. 複合母音 au, eu(äu) , ei(ai) 的發音
	2. 子音字母 c，複合子音 ch、tsch 和 -ig 的發音
	3. 子音字母 q，複合子音字母 x, chs, gs, (c)ks 以及複合子音 pf, qu的發音
	4. 半母音字母 y 的發音
第四課	1. 字母 e 作為非重讀母音時的讀音
	2. 複合子音 -ng 和 -nk 的發音
	3. 後綴 -ismus、-ung、-tion、-ssion、-sion 的發音
	4. 語音總複習

課文	語法
第一課：問候	1. 定冠詞和不定冠詞
	2. 人稱代詞
	3. Verben動詞變位（弱變化動詞變化和 sein, fahren）
	4. 一般疑問句 ja, nein-Frage
	5. 疑問詞 Woher 和 Wohin
第二課：介紹	1. 疑問詞 wie, was, warum
	2. 強變化動詞 nehmen, sprechen, haben ；弱變化動詞 arbeiten, heiβen, gehen
	3. 命令式
	4. 帶定冠詞的單複數名詞的第一格和第四格
	5. 物主代詞
第三課：天氣	1. wie 的幾種用法
	2. 情態動詞的變位 müssen, können, möchten 和強變化動詞 werden, geben 的變化
	3. kein 的第一格、第四格形式
	4. 物主代詞第四格
第四課：交通	1. 否定詞 nicht 的用法
	2. 德語中的不可分前綴
	3. 德語中的可分前綴
	4. 情態動詞 wollen
	5. 疑問代詞 welch- 和指示代詞 diese, dieser, dieses, diese (複數)

課文	語法
第五課：問路	1. ja, nein, doch 的用法
	2. 正語序和反語序
	3. 定冠詞，不定冠詞，物主代詞的第三格
	4. 支配第三格的介詞 mit，以及表示地點說明語的介詞 zu, nach, von
	5. fahren 和 nehmen 的互相替換
	6. 超過 100 的數字
第六課：在旅館	1. 時間的詢問和回答
	2. helfen 和 passen 的用法 (to)
	3. 人稱代詞的第三格和第四格
	4. 物主代詞的第三格
	5. 德國貨幣以及價格的詢問
	6. 介詞 bei, in, an, aus
第七課：購物	1. 時間
	2. 表示時間的介詞（in, an, vor, nach）
	3. 句子的成分
	4. 狀語修飾謂語，說明動詞發生的時間、地點、方式等
第八課：去銀行	1. 介詞 in, auf, an, unter, über, vor, hinter, neben, zwischen 支配第三格和第四格
	2. 不易區分的及物動詞和不及物動詞
	3. 介詞 für

課文	語法
第九課：吃飯	1. 複合名詞的構成
	2. 現在完成時的規則變化
	3. 現在完成時的不規則變化
	4. 用 haben 構成完成時的動詞
	5. 用 sein 構成完成時的動詞
	6. 已學過的以 sein 為助動詞的動詞
第十課：旅遊	1. 動詞過去時
	2. 連接詞 und
	3. 連接詞 aber
	4. 時間連接詞 dann, danach
第十一課：打電話	1. 日期
	2. 專有地名加 -er = 形容詞
第十二課：生日	1. 連接詞 denn 和 oder
	2. 情態動詞 sollen
	3. 以 dass 帶起的賓語從句

附錄 2 不規則變化動詞表

原形	現在時	過去時	第二分詞
beginnen		begann	begonnen
bitten		bat	gebeten
bleiben		blieb	ist geblieben
bringen		brachte	gebracht
ein/laden	lädt ein	lud ein	eingeladen
essen	isst	aβ	gegessen
fahren	fährt	fuhr	hat/ist gefahren
finden		fand	gefunden
geben	gibt	gab	gegeben
gefallen	gefällt	gefiel	gefallen
gehen		ging	ist gegangen
haben	hat	hatte	gehabt
hängen		hing	gehangen
heiβen		hieβ	geheiβen
helfen	hilft	half	geholfen
kennen		kannte	gekannt
kommen		kam	ist gekommen
können	kann	konnte	gekonnt
laufen	läuft	lief	ist gelaufen
lesen	liest	las	ist gelesen
liegen		lag	gelegen

müssen	muss	musste	gemusst
nehmen	nimmt	nahm	genommen
rufen		rief	gerufen
schlafen	schläft	schlief	geschlafen
schreiben		schrieb	geschrieben
schwimmen		schwamm	hat/ist geschwommen
sehen	sieht	sah	gesehen
sein	ist	war	ist gewesen
singen		sang	gesungen
sitzen		saβ	gesessen
sollen	soll	sollte	gesollt
sprechen	spricht	sprach	gesprochen
stehen		stand	gestanden
steigen		stieg	ist gestiegen
trinken		trank	getrunken
tun	tut	tat	getan
vergessen	vergiβt	vergaβ	vergessen
waschen	wäscht	wusch	gewaschen
werden	wird	wurde	ist geworden
wissen	weiβ	wusste	gewusst
wollen	will	wollte	gewollt

附錄 3 單字匯總

A

ab	從……起
aber	但是
das Abendessen -	晚餐
abheben	取
abholen	接
die Ahnung -en	概念
alles	所有
alt	老
an	在……旁
ander（不定代詞作形容詞用）	其他的
ankommen	到達
anprobieren	試穿
anrufen	打電話
Ansbach	安斯巴赫
sich ... ansehen	觀看
anziehen	穿上
der Apfelsaft -säfte	蘋果汁
der Appetit	胃口
aus	來自於
auch	也
auf	在……上

der Augenblick	瞬間
ausgezeichnet	極好的
aussteigen	下車
der Ausweis -e	證件

B

baden	游泳，洗澡
der Bahnhof -höfe	火車站
der Bankangestellte -n	銀行職員
Barcelona	巴塞隆那
bedienen	服務
begrüβen	問候
bei	在……處
bekannt	有名的
der Beruf -e	職業
berühmt	有名的
berühmt für	以……而出名
besichtigen	參觀
bestehen...aus	由……組成
besuchen	參觀
betragen	總計為，為
das Bett -en	床

bewölkt	多雲的
bezahlen	支付
die Bibliothek -en	圖書館
bis zu	一直到
die Bitte -n	請求
bleiben	停留，保持
die Buchhandlung -en	書局
der Bus -se	公共汽車

C

Chinesisch	漢語、中文
ca. = circa	大約

D

da	那兒
dabei	在旁邊
dann	然後
danach	然後
dass	連接詞
dauern	持續
denn	因為
deshalb	所以

Deutschland	德國
dies -	這個（些）
dort	那兒
dorthin	到那裡去
durchgehend	不中斷的
der Durst	渴

E

einfach	簡單的
einkaufen	採購
einladen	邀請
einschlafen	入睡
das Einzelzimmer -	單人房
das Ende -n	末尾，結束
enthalten	包括的
die Erholung	休養
essen	吃
etwas	一些
etwas（代詞）	一些東西

F

fahren	乘坐
die Fahrkarte -n	車票
das Familienfoto -s	全家福
die Farbe -n	顏色
der Fernsehturm -türme	電視塔
finden	認為
der Fisch -e	魚
fotografieren	拍照
fragen	問
die Frau -en	女人
frei	空的
freundlich	友善的
der Frühling -e	春天
das Frühstück -e	早餐
frühstücken	吃早飯
für（+Akk）	給，為

G

ganz	十分的
das Gebäude -	建築物
geben	給
der Geburtstag -e	生日

die Geburtstagstorte -n	生日蛋糕
die Geburtstagsparty -s	生日宴會
gefallen（+Dat）vi	喜歡
die Gemüsesuppe -n	蔬菜湯
genieβen	享受
gerade	剛剛
geradeaus	筆直的
gern	樂意
das Geschenk -e	禮物
das Getränk/ -e	飲料
die Gitarre -n	吉他
das Glas/ die Gläser	玻璃/玻璃杯
gleichfalls	同樣也
das Gleis -e	月台
das Glück	幸運
der Glückwunsch-wünsche	祝賀，祝福
die Grüβe -n	尺碼
der Gruβ -Grüβe	問候
der/das Gulasch -e/ -s	紅燒牛肉
gucken	看/瞧
günstig	廉價的

H

haben	有
Hannover	漢諾威
die Haltestelle -n	車站
die Hausfrau -en	家庭主婦
der Hagel	冰雹
heiβen	叫
helfen（+Dat）	幫助
der Herbst -e	秋天
heute	今天
herzlich	衷心的
hin	去
hinter	在……之後
holen	取
das Hofbräuhaus -häuse	Hofbräu啤酒館
die Hose -n	褲子
das Hotel -s	旅館
der Hunger	飢餓

I

die Idee -n	想法
in	在

die Information -en	服務台
der Ingenieur -e	工程師
Ingolstadt	因戈爾施塔特
der Intercity-Express	特快列車
insgesamt	總計

J

das Jahr -e	年／年齡
jed（不定代詞作形容詞用）	每一個
jetzt	現在

K

kalt	冷的
der Kassenschalter -	銀行櫃檯
kaufen	買
das Kaufhaus -häuse	百貨公司
kein	沒有
kennen	認識／熟悉
das Kind -er	孩子
die Kirche -n	教堂
klein	小的
das Kleingeld	零錢

kommen	來
das Konto -ten	戶頭
das Konzert -e	音樂會
kosten	花費
das Krankenhaus Krankenhäuser	醫院
die Kräuterbutter	香草黃油
die Küche -n	菜餚，廚房

L

lange	長的
langweilig	無聊的
das Leben -	生活
die Lehrerin -nen	女教師
letzt	最近的
die Leute pl.	人們
die Linie -n	線路
links	在左邊

M

machen	做
der Mais	玉米
der Mann -Männer	男人/丈夫

der Mantel Mäntel	大衣
der Maschinenbau	機械系
die Mensa Mensen	餐廳
das Menü -s	套餐
mit	乘……
möchten	想要
modern	現代的
der Moment -e	一會兒
morgen	明天
das Mineralwasser -wässer	蘇打水
müde	疲勞的
München	慕尼黑
der Münch(e)ner -	慕尼黑人
die Musik -en	音樂
müssen	必須
die Mutter - Mütter	母親

N

nach	前往
nächst	下一個的
die Nacht - Nächte	夜晚
nachher	然後

der Nachlaβ -lässe	減價
der Nachmittag -e	下午
die Nähe	附近
nehmen	拿
nett	和藹可親的
das New World Ausbildungszentrum	新世界培訓中心
nicht	不
nichts	沒有什麼事情
nicht mehr	不再
normal	普遍的
nur	僅僅

O

oder	或者
oft	經常
der Olympiapark -s	奧林匹克運動公園
olympisch	奧林匹克的
die Olympischen Spiele	奧林匹克運動會
der Orangesaft -säfte	柳橙汁
original	原本的

P

parken	停車

der Pass Pässe	護照
die Paprika -(s)	青椒
der Passant -en	行人
passen + Dat	適合
das Pech	倒霉
die Person -en	人
das Pfund	英鎊
phantastisch	極好的
der Platz - Plätze	位置
die Pommes frites Pl.	薯條
die Post	郵局
der Preis -e	價格
probieren	嘗試
das Problem -e	問題
der Pullover -	毛線衣

R

die Rahmsauce -n	奶油醬
rechts	在右邊
regnen	下雨
der Regenmantel -mäntel	雨衣
der Regenschirm -e	雨傘

reinkommen	進來
das Reisebüro -s	旅行社
die Reise -n	旅行
reservieren	預定
das Restaurant -s	餐廳
die Rezeption -en	接待處
die Rezeptionistin -nen	女接待員

S

sagen	說
der Salat -e	沙拉
sammeln	收集
scheinen	照射
das Salz -e	鹽
selbst	自己
schenken	送
schlecht	差的
der Schlüssel -	鑰匙
schmecken	有滋味
schneien	下雪
schnell	快的
schon	已經

das Schweinesteack -s	豬排
die Schwester -n	姐妹
die See -n	海
sehr	非常
sein	是
selbstverständlich	當然，自然
singen	唱
sollen	應該
der Sommer -	夏天
die Sonne -n	太陽
sonst	此外
der Spanier -	西班牙人
spanisch	西班牙的
das Sparbuch -bücher	銀行儲蓄存摺
spät	晚的
später	之後
sprechen	說
der Stadtplan -pläne	城市地圖
der Student -en	大學生
die Station -en	車站
stimmen	對/相符
studieren	讀大學

die Studiengebühr -en	學費
die Stunde -n	小時
der Sturm -Stürme	風暴
suchen	尋找
super	超棒的

T

der Tanz Tänze	舞蹈
tanzen	跳舞
die Tanzlehrerin -nen	舞蹈老師
Telefongespräch -e	通電話
die Temperatur -en	溫度
teuer	貴的
TU München	慕尼黑工業大學

U

die U-Bahn -en	地鐵
über	經過
überlegen	思考
übermorgen	後天
um	在……時刻
umsteigen	轉乘

die Universität -en	大學
unterschreiben	簽名
der Urlaub -e	假期

V

der Vater -Väter	父親
der Verkehr	交通
von	從……起
von ...... bis	從……到
vorgestern	前天
vorhaben	計畫
der Vormittag -e	上午
vorn	前面
die Vorstellung -en	介紹

W

wann	什麼時候
warm	溫暖的
wechseln	換
der Wechselkurs -e	匯率
der Weg -e	道路
der Wein -e	葡萄酒

weit	遠的
welch	哪個（些）
weltbekannt	世界聞名的
weltberühmt	世界著名的
wer	誰
werden	變成
das Wetter -	天氣
der Wetterbericht	天氣預報
wichtig	重要的
windig	有風的
der Winter -	冬天
wirklich	確確實實
wo	在哪裡
woher	從哪裡來
wohin	到哪裡去
wohnen	居住
wünschen	希望
Würzburg	維爾茨堡

Z

zeigen	出示
ziemlich	相當的
das Zimmer -	房間
zu	往
zu	太
zuhören	仔細聽
zurück	回來
zusammen	一起

附錄4 德語諺語

1. Alle Wege führen nach Rom. 條條大道通羅馬。

2. Aller Anfang ist schwer. 萬事起頭難。

3. Lügen haben kurze Beine. 謊言腿短。

4. Die Zeit ist der beste Arzt. 時間是最好的醫生。

5. Eile mit Weile. 欲速則不達。

6. Ein Lächeln ist die schönste Sprache der Welt.
   微笑是世上最美的語言。

7. Ein voller Bauch studiert nicht gern. 飽食者不思學。

8. Ende gut, alles gut. 結局好即全局好。

9. Jede Münze hat zwei Seiten. Jedes Ding hat zwei Seiten.
   事物有兩面性。

10. Lachen ist die beste Medizin. 笑是最好的良藥。

11. Lächeln ist die kürzeste Verbindung zwischen zwei Menschen.
    微笑是人與人之間最好的橋樑。

12. Liebe macht blind. 愛是盲目的。

13. Probieren geht über studieren! 實踐甚於理論研究。

14. Reden ist Silber, Schweigen ist Gold. 雄辯是銀，沈默是金。

15. Übung macht den Meister. 熟能生巧。

16. Weder Fisch noch Fleisch. 非驢非馬，不倫不類。

17. Wenn die Katze aus dem Haus ist, tanzen die Mäuse auf dem Tisch.
貓兒不在，群鼠起舞。

18. Wer A sagt, muss auch B sagen. 有始有終。

19. Wer zuletzt lacht, lacht am besten. 笑在最後，才是真正的贏家。

20. Wissen ist Macht. 知識就是力量。

附錄 5 測驗

1. Ergänzen Sie das passende Modalverb im Präsens.

(1) Ich habe heute Abend keine Zeit. Ich ________ für die Prüfung lernen.

(2) Sie ist krank, sie ________ zum Arzt gehen.

(3) Meine Kinder ________ jeden Abend Monopoly spielen.

(4) Oh, ich habe vergessen, die Rechnung zu bezahlen. Das ________ ich unbedingt morgen erledigen.

(5) Sie ________ wieder arbeiten, aber sie findet keine Tagesmutter, die die Kinder betreut. Deshalb ________ sie zu Hause bleiben.

(6) ________ ihr nicht ein bisschen leiser sein? Ich ________ arbeiten.

2. Kreuzen Sie Präpositionen an!

(1) In welchem Jahr habt ihr denn geheiratet? ________ 1998.

(A) im (B) am (C) —

(2) Was? Der Zug ist schon angekommen? Ja, ________ 15 Minuten.

(A) in (B) vor (C) nach

(3) Einen Moment noch. Ich bin ________ fünf Minuten fertig.

(A) in (B) nach (C) gleich

(4) Die meisten Leute arbeiten ________ Weihnachten und Neujahr nicht.

(A) nach (B) zwischen (C) in

(5) Ich gebe dir das Geld ________ nächste Woche zurück.

(A) in der (B) — (C) zwischen

(6) Wir sind ________ Wochenende zum Surfen（衝浪）gefahren.

(A) am (B) übers (C) im

(7) Er wohnt ________ Salzburg.

(A) in (B) aus (C) nach

(8) Er ist ________ die ganze Welt geflogen.

(A) um (B) über (C) in

(9) Sie haben sich ________ Tanzen kennen gelernt.

(A) zum (B) vom (C) beim

(10) Ich muss unbedingt ________ Zahnarzt.

(A) zum (B) beim (C) vom

(11) Dieses Jahr machen wir Urlaub ________ Türkei.

(A) in der (B) in die (C) in

(12) Wir flogen von Berlin ________ Hongkong nach Tokio.

(A) bis (B) in (C) über

(13) Ich habe die Schlüssel ________ der Rezeption abgegeben.

(A) in (B) an (C) zu

(14) Er muss noch schnell seine Badehose ________ dem Hotelzimmer holen.

(A) von (B) aus (C) auf

3. Perfekt mit sein oder haben?

Beispiel: Er - in Shanghai - bleiben

Er ist in Shanghai geblieben.

(1) Der Lehrer - die Klassenarbeit - zurückgegeben

____

(2) Schüler - in der Pause - im Klassenzimmer - bleiben

____

(3) Sabine - im Schwimmbad - vom Drei-Meter-Brett（板）- springen

____

(4) Er - im Unterricht - einschlafen

____

(5) Wir - mit unserer Klasse-nach Österreich - fahren

____

4. Lesen Sie folgende Gedichte und ergänzen Sie die passenden Verben im Präteritm.

kochen - schwimmen - lesen - schreiben - singen - kommen - essen

Die Sonne schien.

Er schlief sehr lang.	Sie stand früh auf.
Er wusch sich nicht.	Sie ________ im Pool.
Er ________ Kaffee.	Sie ________ ein Ei.
Er sah hinaus.	Sie saβ im Garten.
Er ________ ein Lied.	Sie wurde krank.
Er rief sie an.	Sie sprach nicht viel.
Er ging zu ihr.	Sie ________ ein Buch.
Er brachte Tee.	Sie trank ihn nicht.
Er lud sie ein.	Sie ________ zu spät.
Er gab ihr Wein.	Sie blieb nicht lang.
Er schrieb ihr viel.	Sie ________ ihm nie.
Er dachte an sie.	Sie fuhr nach Rom.

5. Ergänzen Sie den Artikel im Dativ oder im Akkusativ.

(1) Bringen Sie bitte den Champagner auf ________ Hochzeitszimmer.

(2) Er liegt den ganzen Tag in ________ Sonne.

(3) Ich habe vergessen（忘記）, Sonnencreme in ________ Koffer zu packen.

(4) Du kannst diese Creme in ________ Supermarkt kaufen.

(5) Stellen Sie den Koffer bitte neben ________ Bett.

(6) Ich schwimme lieber in ________ großen Pool dort.

(7) Setz dich doch nicht immer direkt vor ________ Fernseher.

(8) Ich habe deine Tasche unter ________ Sofa gefunden.

6. Nicht, nichts oder kein? Setzen Sie das passende Wort in der richtigen Form ein.

(1) Der Laden hat jeden Tag geöffnet, aber natürlich ________ am Sonntag.

(2) Ich habe den ganzen Tag noch ________ gegessen.

(3) Auf dem Konzert war ________ Mensch.

(4) Ich habe ________ Durst.

(5) Er hat die Tickets für das Konzert dann doch ________ gekauft.

(6) Ich habe überhaupt（完全）________ verstanden.

(7) Der CD-Spieler funktioniert（工作）________ .

(8) Mach dir ________ Sorgen. Alles wird wieder gut.

測驗參考答案

1. (1) muss (2) muss (3) wollen (4) muss
   (5) möchte muss (6) Könnt muss
2. (C) (B) (A) (B) (A) (A) (A) (A) (C) (A) (A) (C) (B) (B)
3. (1) Der Lehrer hat die Klassenarbeit zurückgegeben.
   (2) Der Schüler ist in der Pause im Klassenzimmer geblieben.
   (3) Sabine ist im Schwimmbad vom Drei-Meter-Brett gesprungen.
   (4) Er ist im Unterricht eingeschlafen.
   (5) Wir sind mit unserer Klasse nach Österreich gefahren.

4. kochte sang schwamm aβlas kam schrieb
5. das der den dem das dem den dem
6. nicht nichts kein keinen nicht nicht nicht keine

附錄 6 參考答案

第一課

一、課文理解

1. Ja, die Universität ist bekannt.
2. Tom kommt aus England.
3. Ja, er studiert hier.
4. Sie fahren nach München.
5. Nein, Leo fährt nicht.

二、連連看

1. du bist

   wir sind

   er ist

   ihr seid

   ich bin
2. er fähr-t

   ich fahre

   du fähr-st

   wir fahren

   ihr fahrt
3. Woher kommt er?

   Wo wohnen Sie?

   Wohin fahrt ihr?
4. Er kommt aus China.

   Wir fahren nach Deutschland.

   Ich wohne in Shanghai.

三、請填寫 er, sie, Sie, ich, ihr, wir, du

1. Er Sie
2. Ich du Ich du Ich
3. sie Sie
4. er
5. ihr wir

四、填空

1. Seid sind
2. bin
3. sind
4. Bist bist sind
5. Sind bin

五、選擇

1. (C) 2. (B) 3. (A) 4. (B) 5. (A)

六、請您提問

1. Kommt er aus Hamburg?
2. Ist er Arbeiter?
3. Woher kommt Rose?
4. Ist das Leo?
5. Wie geht's dir?
6. Kommst du aus Hamburg?

七、翻譯

1. Ich bin Peter aus Deutschland. Er ist mein Freund, Tom. Wir fahren zusammen nach China.
2. Bist du Student? Ja, ich bin Student.
3. Wie geht es dir? Nicht schlecht. Und du? Es geht.
4. Lisa, wohnst du in Deutschland? Ja, ich wohne in Deutschland.

Wohin fährst du? Ich fahre nach München.

第二課

一、課文理解

1. Lily ist Hausfrau.
2. Er ist Ingenieur bei Siemens.
3. Nein, sie haben zwei Kinder.
4. Nein, sie ist Lehrerin bei New World Ausbildungszentrum.
5. Ja, sie kann Chinesisch sprechen.

二、請對 Sie 的命令式改成 du 和 ihr 的命令式

Beginn bitte!	Fahr bitte nach Hamburg!
Beginnt bitte!	Fahrt bitte nach Hamburg!
Komm bitte!	Sei bitte leise!
Kommt bitte!	Seid bitte leise!
Nimm bitte die Bücher!	Sprich bitte Deutsch!
Nehmt bitte die Bücher!	Sprecht bitte Deutsch!

三、動詞變位練習

1. Sprechen spricht Spricht
2. 用 haben 和 sein 填空

   (1) Sei (2) Habt (3) sind bin

   (4) habe sind (5) bist ist (6) Hast hat

四、填寫物主代詞

1. Meine
2. unsere
3. sein

4. Unser

五、翻譯

1. Ich habe ein Kind. Er heiβt Markus und spricht sehr gut Deutsch.
2. Seid bitte leise! Ich arbeite jetzt.
3. Ich heiβt Stella, mein Ehemann heiβt Thomas, unsere Kinder heiβen Helga und Christian.
4. Meine Schwester und ich arbeiten jetzt in Deutschland, unsere Eltern sind in China.
5. Studierst du Maschinenbau in Deutschland？

第三課

一、課文理解

1. Er muss 2 Jahre in Deutschland bleiben.
2. Nein, er hat keinen.
3. Morgen Vormittag ist es bewölkt und bleibt windig, aber morgen Nachmittag scheint die Sonne. Morgen Abend regnet es.
4. Ja, es ist kalt.
5. Nein, er geht nicht nach Hause und nimmt keinen Regenschirm.

二、劃線句提問

⑴ Wohin gehst du?

⑵ Was lernt Angelika?

⑶ Was möchtest du kaufen?

⑷ Was ist in Hamburg?

⑸ Wie ist das Buch?

三、用 müssen，können 和 möchten 填空

1. kann muss
2. Können müssen

3. kann muss
4. möchtet müsst
5. möchtest
6. möchte
7. möchten

四、選擇

1. (B) 2. (A) 3. (C) 4. (D) 5. (A)

五、翻譯

1. Wie ist das Wetter morgen? Die Sonne scheint, aber es bleibt ein bisschen windig.
2. Wie lange muss sie in Deutschland bleiben? Sie bleibt noch ca. 2 Tage.
3. Hast du den Wetterbericht angehört? Morgen schneit es vielleicht. Das Wetter wird sehr kalt.
4. Es regnet. Hier gibt es keinen Regenschirm. Wie kann ich nach Hause gehen?
5. Kannst du die Übung machen? Nein, ich kann nicht.

第四課

一、課文理解

1. Sie nehmen den Intercity-Express 785.
2. Sie können um 20.38 Uhr ankommen.
3. Es dauert 6 Stunden.
4. Eine einfache Fahrkarte ist 119 Euro.
5. Nein, sie steigen in Hannover um.

二、用 welch- 和 dies- 填空

1. Welches Dieses

2. welchem
3. Welcher Dieser
4. Welchen Diesen
5. Welche Diese
6. Welche
7. Welches Dieses
8. Welche Diese

三、用 möchten, wollen, können 和 müssen 填空

1. will
2. muss
3. möchte kann muss
4. kann
5. kann möchte
6. will will können

五、翻譯

1. Gibt es heute einen Zug nach Hamburg? Moment! Ja, um 3.00 Uhr nachmittags.
2. Müssen wir in Köln umsteigen? Ja.
3. Wann können wir in Bonn ankommen? Ich weiβ auch nicht.
4. Hast du die Fahrkarten gekauft? Nein, wir kaufen zusammen die Fahrkarten.
5. Welchen Zug nimmst du? Ich nehme den ICE 567, und steige auf 10 Gleis um.

第五課

一、課文理解

1. Die TU München ist in der Arcisstraβe.

2. Sie können mit der U-Bahn und den Bus fahren.
3. Nein, wir wissen den Weg zur TU nicht.
4. Doch, er hat eine gute Idee.
5. Hinter dem Theater ist die Haltestelle Karlstraβe.

三、請您提問

1. Ist dein Mann jetzt zu Hause?
2. Wohin gehen sie?
3. Fährst du morgen nach London?
4. Was holen sie hier?
5. Spricht er kein Englisch?
6. Wie lange warten sie hier?
7. Hast du heute Abend keine Zeit?
8. Wie ist die Stadt?

四、重組並寫出格的變位

1. Der Lehrer erklärt die Grammatik in der Klasse.
2. Herr Hans geht nach Hamburg mit einem Auto.
3. Die Kinder gehen ins Kino mit ihren Eltern.
4. Die Schüler lernen die Wörter mit der Lehrerin.
5. Der Student liest Bücher an der Universität.

五、翻譯

1. Entschuldigung, wo ist die Post bitte? Sie können immer geradeaus, dann nach rechs gehen.
2. Entschuldigung, muss ich mit der U-Bahn Linie 2 fahren? Nein, Sie können auch mit dem Bus Linie 468 fahren.
3. Wie lange fährt man dorthin? Eine Stunde.
4. Sind wir da, Tom? Schau mal hier bitte, auf den Stadtplan! Wo sind wir? O.K. Moment.

5. Seht ihr das Gebäude, da ist Kankenhaus. Ihr sollt nach links gehen.

第六課

一、課文理解

1. Sie gehen um 20.00 zum Hotel.
2. Nein, sie hat zwei Einzelzimmer reserviert.
3. Ja, sie hat ihren Pass.
4. Sie möchte morgen um 6.30 geweckt werden.
5. Von sieben bis neun Uhr können sie im Restaurant frühstücken.

二、用 wo, wohin, woher 和介詞填空

1. Wo in
2. Wohin Nach
3. Woher Aus
4. Wo Bei
5. Wo in
6. Woher von

三、介詞練習

1. a. Ich komme aus meinem Zimmer.
   b. Ich komme aus dem Kino.
   c. Ich komme aus dem Kaufhaus.
   d. Ich komme aus dem Krankenhaus.
2. a. Peter geht zur Schule.
   Peter geht in die Schule.
   b. Die Kinder gehen zu ihren Eltern.
   c. Wir gehen zu Frau Lauer.
   d. Leo geht zu seinen Freunden.

3. a. Bei Familie Krüger.

   b. Bei ihrer Schwester.

四、請您用代詞回答

1. Ja, ich komme von ihm.
2. Ja, ich komme von ihr.
3. Ja, ich komme von ihnen.
4. Ja, ich komme von ihm.
5. Ja, ich komme von ihr.

五、請您用人稱代詞填空

1. du mir
2. ihn
3. dir dir
4. ihr uns euch
5. Wir ihr
6. du Ich sie

六、翻譯

1. Ich möchte ein Einzelzimmer mit Bad bestellen.
2. Lara ist eine Studentin, sie hilft oft ihren Eltern.
3. Wann frühstückst du?
4. Wann soll ich dich aufwecken um 7 Uhr?
5. Ich komme aus Hamburg und fahre nach Berlin.

第七課

一、課文理解

1. Lara möchte den Mantel neben dem Pullover kaufen.
2. Pink, rot, blau.
3. Nein, der Mantel ist nicht teuer.

4. Nein, der Mantel ist nicht zu groβ für Lara.
5. Der Originalpreis ist 88 Euro.

二、填疑問詞

1. Wie viel Uhr
2. Wo
3. Wann
4. Woher
5. Wo
6. Wie lange
7. Wo
8. Wohin
9. Wo
10. Wie viele Tage

三、介詞填空

1. nach
2. in
3. Um in
4. In
5. Am
6. Vor

五、翻譯

1. Was hast du am Samstag vor? Ich möchte Basketball spielen.
2. Nach einer Woche wollen sie nach Berlin fahren.
3. In Beijing ist das Wetter im Frühling nicht so gut, im Herbst aber schön. Es ist nicht zu heiß im Sommer, aber es regnet oft.
4. Die Hose ist zu klein. Das passt dir nicht.
5. Der Mantel ist nicht sehr teuer, aber mit diesem Mantel sieht

man sehr modern aus.

第八課

一、課文理解

1. Sie haben kein Geld mehr.
2. Doch, sie hat ihren Ausweis dabei.
3. Nein, er wechselt Pfund in Euro.
4. Sie möchte 500 Euro abheben.
5. Er ist im Augenblick bei 1:1,07.

二、連連看

1. Ich hänge das Bild an die Wand.
2. Lara legt den Kugelschreiber unter das Buch.
3. Wir stellen den Tisch ans Fenster.
4. Du stehst vor der Tür.
5. Die Lampe hängt über dem Tisch.
6. Vor dem Fernseher liegt die Tasche.

三、轉換句型

1. steht auf dem Tisch
2. sitzt neben dem Fenster
3. hängt zwischen zwei Fenstern
4. liegt auf dem Schreibtisch
5. steht am Tisch
6. hängt übe dem Esstisch
7. sitzt nicht vor dem Fenseher
8. steckt in der Tasche
9. Das Kind legt das Heft unter den Stuhl
10. liegt zwischen den Bächern

四、填寫冠詞，代詞和介詞

A: den

B: Im

A: im für

B: es in den

A: zu für ihn

B: dir

A: mir

五、翻譯

1. Wie ist der Wechselkus von USD? Ich will etwas Geld wechseln.
2. Darf ich hier 3000 Pfund abheben? Nein, hier gibt es nur Euro und USD.
3. Stell den Fenseher vor das Fenster bitte!
4. Leo sitzt vor dem Computer und liest Bücher.
5. Können Sie mir etwas Kleingeld wechseln？

第九課

一、課文理解

1. Doch, sie hat Hunger, und will zur Mensa gehen.
2. Doch, er hat schon in der Mensa gegessen.
3. Es gibt zum Abendessen zwei Menüs.
   Menü I Schweinesteack mit Kräuterbutter und Pommes frites, Paprika-Mais-Salat
   Menü II Fischfilet mit Rahmsauce und Pommes frites, Paprika-Mais-Salat
4. Nein, er isst kein Fischfilet.
5. Ja, er hat Plätze in der Mensa gefunden.

二、請您填空

1. gegessen
2. gefunden
3. gelesen
4. genommen
5. geschrieben
6. gesehen
7. begonnen
8. bekommen

三、請您回答問題

1. Nein, er ist schon gestern gefahren.
2. Nein, sie ist schon gestern nach Shanghai geflogen.
3. Nein, sie ist schon nach Hause gegangen.
4. Nein, die Gäste sind schon gestern gekommen.
5. Nein, ich bin schon aufgestanden.

四、請您用 haben 或 sein 填空

hat ist hat hat ist haben hat

五、請您把一個單字分成兩個單字

die Rinder	+der Braten
das Bier	+das Glas
das Obst	+der Kuchen
weiβ	+das Brot
rot	+der Wein
der Abend	+die Schule
die Wörter	+das Buch
die Familien	+das Foto
hoch	+die Zeit

六、翻譯

1. Es ist schon 12.00 Uhr. Ich habe Hunger. Gehen wir in die Mensa zum Essen.
2. Was wünschen Sie?
   Geben Sie mir bitte ein Schweinesteak und einen Salat.
   Was trinken Sie?
   Einen Orangesaft, bitte.
3. Ich habe Eintrittskarten fürs kino schon gekauft. Hast du Zeit, mit mir zusammen ins Kino zu gehen?
   Ich habe heute keine Zeit, ich muss zu meiner Groβmutter gehen.
4. Schmeckt dir das Fischfilet gut?
   Es geht. Wie ist dein Salat?
   Super.
5. Lara, komm! Hier gibt es einen Platz.
   Danke!

第十課

一、課文理解

1. Nein, sie hat eine Reise in Spanien noch nicht gemacht.
2. Mit Spaniern hat er fotografiert.
3. Spanien ist berühmt für seine Sonne.
4. Er ist noch nach Barcelona gefahren.
5. Um 22 Uhr.

二、轉換成過去時

1. Früher hatte er ein Zimmer.
2. Früher hatte ich wenig Geld, aber viel Zeit.
3. Früher hattet ihr nur ein Fahrrad.

4. Früher hatten wir nur acht Tage Urlaub.
5. Früher war er Bauer.
6. Früher gab es im Institut nur vier Abteilungen.
7. Früher gab es in der Hochschule nur 800 Studenten.
8. Früher war hier noch ziemlich viel los.

三、用 Hatte 或 war 填空

1. war hatten war ist hatte war
2. war warst hatte hatte war war warst hatte
3. hatte Warst war hatten wart war
4. hattet Hattet war hattet

四、請用 und 連接句子，在不必要的時候可以省略主語

1. Ich bleibe hier und du gehst fort.
2. Ich bleibe hier und erledige meine Arbeit.
3. Wir bleiben hier und abends machen wir noch einen Besuch.

五、翻譯

1. Wohin fahrt ihr dieses Jahr? In diesem Sommer wollen wir nach Italien fahren.
2. Vor einem Monat haben wir eine Reise nach China gemacht. Wir sind eine Woche in Peking geblieben.
3. Wo warst du gestern? Ich war bei meinem Bruder.
4. Viele Menschen genieβen gern den Sonnenschein und das Leben in Spanien.
5. Hast du die spanische Küche probiert? Ja, sie schmeckt mir sehr gut.

第十一課

一、課文理解

1. Ja, er fährt nach Hause.
2. Das Hofbräuhaus und der Olympiapark sind weltberühmt in München.
3. Ja, er hat eins.
4. Ja, er möchte sie abholen.
5. Doch, sie parkt ihr Auto neben dem Bahnhof.

五、轉換句型

1. Er ist Schweizer.
2. Er hat das Münchner Hofbräuhaus besichtigt.
3. Wann beginnt die Frankfurter Messe?
4. Die Shanghaier Industrieaustellung ist berühmt.
5. Ist Herr Kittmann Hamburger? Nein, er ist Berliner.

六、翻譯

1. Ich habe schon das Auto neben der Bibliothek geparkt.
2. Am wie vielten habt ihr die Prüfung? Am 8. Januar.
3. Übermorgen ist Geburtstag von meinem Freund.
4. Hast du am Samstag vor? Nein, noch nichts. Tanzen wir zusammen?
5. Gefällt dir unsere Stadt? Ja, aber es gibt viele Leute.

第十二課

一、課文理解

1. Buch, Wein, CD von Alicia Keys gefallen ihm.
2. CD von Alicia Keys schenkt sie ihm.
3. Doch, er kann eine Geburtstagstorte machen.

4. Nein, er hat keine Prüfung.
5. Am Dienstag, den 28. Dezember.

三、請您填寫 und, oder, aber 和 denn

a. aber und oder und aber und oder und denn

b. und und und und aber und und

五、句型轉換

1. Frau Lauer will, dass er im Zimmer leise ist.
2. Frau Lauer will, dass er nach 10 Uhr nicht mehr Karten spielt.
3. Frau Lauer will, dass er nicht so spät aufsteht.
4. Frau Lauer will, dass er zu Hause nicht oft telefoniet.
5. Frau Lauer will, dass er um 8 Uhr arbeitet.

六、翻譯

1. Übermorgen Abend haben wir eine Tanzparty, kannst du kommen? Übermorgen, sehr gut. Ich habe nichts vor.
2. Helga lädt uns zu ihrer Geburtstagsparty ein. Was schenkst du ihr?
3. Mein Bruder sagt, dass er um 15 Uhr am Donnestag in Hamburg ankommt.
4. Tom sagt, dass er am 30. Juni eine Prüfung hat.
5. Hast du noch Eintrittskarten fürs kino? Ich kann meine Eintrittskarte nicht finden.

附錄 7 人名

男：

Tom	Max	Leo	Tony
Hemd	Thomas	John	Markus

女：

Lara	Christina	Rose	Lisa
Angela	Lily	Stella	Helga

常用人名：

男：

Bodo	Ferdinand	Bernd	Jochen
Peter	Rolf	Eric	Marc
Doris	Richard	Zeno	Christopher
Jens	Herbert	Leonardo	Martin
Hugo	Lukas	Fritz	Daniel

女：

Jana	Anna	Eva	Gerda
Monika	Anja	Gesina	Uta
Paula	Susanna	Sabrina	Hanna
Julia	Jesika	Linda	Natascha
Gabi	Pelia	Karin	Emmily

智寬文化 好書推薦

日語學習系列

J001	太神奇了！原來日語這樣學 (附 MP3)	定價 350 元
J002	史上第一本！中文日文語言交換書 (附 MP3)	定價 350 元

韓語學習系列

K001	搞定韓語旅行會話就靠這一本 (附 MP3)	定價 249 元
K002	超夠用韓語單字會話醬就 Go (附 MP3)	定價 249 元

外語學習系列

A001	越南語詞彙分類學習小詞典	定價 350 元
A004	印尼人學台語 (附 2CD)	定價 350 元
A006	魅力德語入門 (附 MP3)	定價 350 元
A007	用注音説印尼語 (附 MP3)	定價 380 元
A008	印尼人的實用中國話 (附 3CD)	定價 350 元
A011	快樂學緬甸語 (附 MP3)	定價 320 元
A012	説出好中文 (附 MP3+MP4)	定價 400 元
A013	正港台語入門書 (附 MP3)	定價 350 元
A014	越南人的實用中國話 (附 MP3)	定價 350 元
A015	生活必備印尼語單字 (附 MP3)	定價 400 元
A016	快樂學柬埔寨語 (附 MP3)	定價 350 元
A017	菲律賓人學中文 (附 3CD)	定價 350 元
A018	德國人學中文 (附 MP3+MP4)	定價 350 元

國家圖書館出版品預行編目(CIP)資料

魅力德語入門 / 潘碧蕾 作. -- 第二版. --
新北市： 智寬文化,2019.05
面 ；　　公分--（外語學習系列 ； A019）
ISBN 978-986-92111-8-5(平裝）
1. 德語 2.讀本
805.28　　　　　　　　108006145

外語學習系列 A019
魅力德語入門 - 第二版
2019年9月 第二版第1刷

總策劃	許小明
主編	潘碧蕾
校訂／錄音	楊文敏・淡江大學德國語文學系教師
校訂／錄音	白德瀚（Klaus Bardenhagen）
錄音	郝瑞佳（Rebekka Hadeler）
出版者	智寬文化事業有限公司
地址	新北市235中和區中山路二段409號5樓
E-mail	john620220@hotmail.com
電話	02-77312238・02-82215077
傳真	02-82215075
印刷者	永光彩色印刷股份有限公司
總經銷	紅螞蟻圖書有限公司
地址	台北市內湖區舊宗路二段121巷19號
電話	02-27953656
傳真	02-27954100
定價	新台幣350元
郵政劃撥・戶名	50173486・智寬文化事業有限公司

版權所有・侵權必究

版權聲明

本書經由 華東理工大學出版社有限公司 正式授權，同意經由 智寬文化事業有限公司 出版中文繁體字版本。非經書面同意，不得以任何形式任意重製、轉載。